JN072134

「死んでみろ」と言われたので死にました。3

江東しろ

24160

角川ビーンズ文庫

Contents

ナタリー
ペティグリュー伯爵家の
令嬢。
癒しの魔法が使える
ユリウス
ファングレー公爵。
「漆黒の騎士」
とも呼ばれる

「死んでみろ」と言われたので死にました。

人物紹介

エドワード

フリックシュタインの
第二王子

クロード

セントシュバルツの
王太子。
マルクの実兄

フランツ

ファングレー公爵家
専属の医者

マルク

漆黒の騎士団の副団長。
女好き

お父様

ペティグリュー伯爵。
娘を溺愛している

お母様

ナタリーの母。
穏やかな淑女

本文イラスト／蘭　らむ
キャラクター原案／whimhalooo

第一章　約束と緊張

「もうすぐ、公爵《こうしやく》様が婚約《こんやく》の申し込みでいらっしゃるのに……顔をちゃんとしなさい。あなた」

「うぅ……はい。いやでも、不安が……ナ、ナタリー。今日の父さんはどうだい……？」

「え、えっと、素敵《すてき》だと思いますわ」

太陽が燦々《さんさん》と輝《かがや》き、窓から入ってくる柔《やわ》らかい秋風が気持ちよく感じる素敵な一日。そんな穏《おだ》やかさとは反対に、ペティグリュー伯爵《はくしやく》家の屋敷《やしき》では使用人たちがバタバタと動き回っている。本日、使用人たちには「ファングレー公爵様のために〝いつも以上にしっかり〟もてなすように」とだけ伝え広まっていた。

そのためこうも慌《あわ》ただしい雰囲気《ふんいき》になっているのだが、ペティグリュー伯爵であるお父様もどこか焦《あせ》ったようにナタリーに声をかけてきては、屋敷の玄関《げんかん》にて何度もぐるぐると歩き回っている。そんなお父様の緊張《きんちよう》が伝播《でんぱ》してしまったのか、なんだかナタリーの心音まで速くなった気がしてくる。

とはいえ、フリックシュタイン王家に仕えていた元宰相《さいしよう》による国家転覆《てんぷく》や、セントシュバルツのファングレー公爵・ユリウスが抱《かか》えていた魔力《まりよく》暴走の危機は去った。だから、悪い想像をして緊張している……というわけではないのだ。

(そう、もう誰《だれ》かの命が危険にさらされるようなことは起こらないわ……けれど)

ナタリーは落ち着きのないお父様に視線をやる。するとお父様は不安そうにしていると思ったのか、「まかせておけ!」と言わんばかりの笑顔《えがお》をナタリーに見せてから。

「イ、イゲンもバッチリなら、コ、コウシャクサマを追い払《はら》うことだって……」

「もう、あなた!」

「だ、だってぇ……」

側《そば》に佇《たたず》んでいたお母様が、お父様に向かって活を入れるように声をかけた。お父様は「確かに公爵様は、お強いし身分もしっかりしてらっしゃる……しかし、関《かか》わると危険な目にも遭《あ》っていたし……う、うぅ……」と一人ぶつぶつと呟《つぶや》いている。お父様とは感じている気持ちは違《ちが》うものの、ナタリーもまた落ち着かない気持ちになっているのは同じだった。というのも……。

(ユリウス様から婚約を申し込まれるなんて……。まだ夢を見ているみたいだわ)

ペティグリュー家がこうもそわそわしている原因のことをナタリーは思い返す。

それは、ペティグリュー領の丘《おか》でユリウスにプロポーズを受け、共に屋敷へと戻《もど》った時のことであった。屋敷に戻るや否《いな》や、待ってましたとばかりに出迎《でむか》えてくれたお父様とお母様に、ユリウスはナタリーとの外出を許可してくれた礼を言ったのち。

『その……また、改めてこちらへ伺《うかが》っても良いだろうか？』

『ま、またですか……？　こ、公爵様に我が領地を気に入っていただけて、嬉《うれ》しいですけれども……』

『今度は、お二人に正式な挨拶《あいさつ》に伺いたいと思っている。ナタリーとの将来――結婚について、話をさせてほしい。今日はすでに時間がだいぶ経《た》ってしまったようだから……また日を改めて』

『ま、まぁ……！　そうですか、公爵様』

『……』

ユリウスの言葉を聞いて、ナタリーは彼が真剣《しんけん》に未来に向けて考えているのだとひしひしと感じた。お母様の嬉しそうな声に、少し気恥《きは》ずかしさが生まれるが……それ以上に堂々と言葉に出してくれた彼に、心臓が急に跳《は》ねたのを鮮明《せんめい》に覚えている。そしてお母様と日程の話をしたのち、ユリウスは別れの挨拶をして帰っていったのだが――問題はお父様であった。

『あなた？　ねぇ、あなた？』

『お、お父様……？』

『……』

あまりに衝撃《しょうげき》だったのか、お父様は立ったまま気絶してしまっていた。それからというもの今に至るまでお父様はどこかネジが外れてしまったように、「父さんの可愛いナタリーが……」、「そんなぁ……」とぶつぶつ呟きながら屋敷内を歩き回っている様子が目撃《もくげき》されていた。

(お父様からは何度も心配されて、その度に私の気持ちは伝えているのだけれども……)

ペティグリューの丘にてユリウスからプロポーズされた時、ナタリーは不安など一切《いっさい》感じなかった。というのも魔力暴走の時に、檻《おり》の中でも互《たが》いの気持ちを伝えあっていて、そこから改めて言葉を貰《もら》い——ナタリーはその言葉に応《こた》えたのだから。その一方で、こうして時間を置くと、以前の生とは異なる道を歩んでいるのだと感じ、現実感が湧《わ》かなかったのも事実だった。

あっという間の出来事だったため、思考が追い付いていなかったが——個人間でプロポーズに応えたとしても、それで婚約成立とはならない。ナタリーはペティグリュー伯爵令嬢《れいじょう》であり、フリックシュタイン国に属する貴族。ユリウスはファングレー公爵家の当主であり、同盟国のセントシュバルツに属する貴族なのだ。一般《いっぱん》的な同国の貴族の結婚とは勝手が違う。加えてお父様の問題もあって、課題は山積みなのだ。

（でも、ユリウス様との未来を……私も一緒《いっしょ》に歩みたいから……！）

お父様の様子に少し不安な気持ちが押し寄せてくるも、ナタリーはユリウスのことに想《おも》いを馳《は》せた。丘でユリウスの言葉を受け取った後のことを再び思い出し、頰《ほお》が熱くなってくる。というのも真摯《しんし》なプロポーズもそうだが、正式な連絡《れんらく》を送る旨《むね》を伝えたあとナタリーにだけ聞こえる声量で――「必ず、君の家へ挨拶に行く。どんなことがあろうとも、君の側にいたいから……」と話し、希《こいねが》うように熱を含《ふく》んだ赤い瞳《ひとみ》で、ナタリーを見つめてきたのだ。普段《ふだん》口数が少ない彼だからこそ、言葉の威力《いりょく》が凄《すさ》まじいのかもしれない。現に、ナタリーの心臓は思い出すだけでドキドキが止まらなくなっている。

「あら、到着《とうちゃく》されたようよ、ナタリー」

「……っ！」

お母様の声に、ナタリーは扉《とびら》の方へ勢いよく視線を向ける。お父様もその場で固まってしまったかのように、無言で扉を見つめていた。ペティグリュー家の執事《しつじ》やメイドたちが来訪者を迎《むか》える準備をして、扉を開けた先には――。

「この度《たび》は時間をつくっていただき、感謝する」

そこには久方ぶりに会うユリウスの姿があった。本日の彼は、いつもの騎士《きし》団の服ではなく、クラシカルな印象を与《あた》える礼服を身にまとっていた。いつもの彼と違うイメージだからだろうか、なぜか彼の姿が想像の何倍も輝いて見える。夜を思わせる艶《つや》やかな黒髪《くろかみ》に、宝石のルビーのような瞳。そして騎士団によって鍛《きた》え抜《ぬ》かれた美しい体躯《たいく》に、社交界では月のようだと噂《うわさ》される美貌《びぼう》を持つ――ユリウス・ファングレーの魅力《みりょく》が遺憾《いかん》なく発揮されていたのだ。そんなユリウスに、ナタリーは無意識のうちに息をのむ。

「……」

「待たせてしまっただろうか……？　すまない」

「っ！　あ、いえ！　ユリウス様にご挨拶を申し上げます」

「公爵様、いらっしゃいませ。ふふ、ナタリーは公爵様に見惚《みと》れちゃったのかしら？」

「お、お母様……っ！」

お母様に明るく声をかけられ、ナタリーの頬は赤らんでしまう。そんなナタリーの様子に、ユリウスは優《やさ》しくほほ笑む一方で、お父様はどこかぎこちなくなりながら――「こ、公爵様、よくぞいらしてくださいました」と、どうにか冷静さを装《よそお》いながら声をかけていた。挨拶をしたのち、ナタリーはおずおずとユリウスの方へ視線を向ける。

「――その、セントシュバルツでのご用事は大丈夫《だいじょうぶ》だったでしょうか……？」

丘で会った日から時間が経った理由として、魔力暴走の時にセントシュバルツがファングレー家を取り潰《つぶ》そうと動いていたこともあり、国へ帰って事後処理を進めないといけなかったのだと聞いている。あまりにも目まぐるしく変わる彼の置かれている環境《かんきょう》に、つい心配になって声をかければ、ユリウスは優しくふっとほほ笑んでナタリーの肩《かた》にぽんと手

を置く。

「気遣《きづか》ってくれて、ありがとう。どうにか処理は滞《とどこお》りなく進んでいる」

「そ、そうなのですね……よ、よかったですわ」

やはり久しぶりに会うから、変に緊張《きんちょう》してしまっているのだろうか。見慣れたはずなのに、ほほ笑む彼の顔を見るだけで胸がぎゅっと締《し》め付けられる。そうした自分を律するためにナタリーは自分に言い聞かせるように、「落ち着くのよ」と呪文《じゅもん》のように心の中で唱えるのであった。

ユリウスと共に、ペティグリュー家の面々は屋敷《やしき》の応接室へと向かった。お父様とお母様に向き合うように、ユリウスとナタリーがソファに座る。よくできる侍女《じじょ》ことミーナは、慣れた手つきでテーブルに紅茶を用意し、ナタリーと一瞬《いっしゅん》、視線が合ったかと思えばお茶《ちゃ》目《め》にウィンクをしてきた。

(もう……ミーナったら、応援《おうえん》してくれるのはありがたいけれども)

キラキラとしたミーナの瞳を見るだけで、「公爵様《こうしゃく》が正装で現れるなんてこれはただ事じゃないです！　経緯《けいい》もちゃんと聞かせてください！」という心の声が聞こえてきそうだ。そんな自分の気持ちに素直《すなお》なミーナの振《ふ》る舞《ま》いに、少し頭を悩《なや》ませてしまうものの、確かにミーナのおかげで少し緊張がほぐれた気がした。

「……すっかり秋の季節になり——肌寒《はだざむ》さを感じる。領主殿《どの》と夫人が、健康でいてくれることを祈《いの》っている」

「まぁ！　お気遣いいただきありがとうございます」

「もったいないお言葉、か、感謝申し上げます。しかし最近は、気温よりも今日のことが気になって……食がなかなか喉《のど》を通らず……」

「あなたっ！」

「お、お父様……」

ユリウスの言葉にお父様は、体面上丁寧《ていねい》に話しながらもどこか暗い雰囲気《ふんいき》を漂《ただよ》わせている。そんなお父様の振る舞いに、ユリウスは少し面食《めんく》らった様子で「そ、そうか……すまない」と返事をした。しかし、すぐに気を取り直すようにユリウスは背筋を伸《の》ばして声を上げる。

「まずは、あらためて感謝を申し上げたい。ナタリーのおかげで、俺は命を救われた。このことは感謝してもしきれない――それに、ナタリーが俺のもとに来てくれたのもご両親の応援があったからと、そう思っている。だからこそ、お二人に感謝を申し上げたい」

「ユリウス様……」

「公爵様からそう言っていただけて、母として嬉しく思いますわ」

「……」

この場でお父様だけが、眉間《みけん》に皺《しわ》を寄せて無言でユリウスの話を聞いている。いつもは柔和《にゅうわ》な表情を絶やさないお父様が、ここまで険しい顔つきになっているため、ピリッとした緊張感が漂う。しかしユリウスは、しっかりとお父様の方へ視線を向けて言葉を紡《つむ》ぎ続ける。

「ナタリー……彼女からの返しきれない恩に、俺は一生を懸《か》けて報《むく》いたいと思っている。それと同時に――ナタリーを、心の底から愛している。俺の全《すべ》てをかけて必ず彼女を守りたいと――そう強く願うほどに」

「まぁ……っ！」

「……」

「俺はナタリーと共に歩み――添《そ》い遂《と》げたいと思っている。だから……どうか、結婚《けっこん》を認めていただけないだろうか」

真っすぐと放たれたその言葉に、応接室の空気は静まり返る。そしてナタリーは隣《となり》のユリウスの様子を見て、自分を勇気づけるように一息ついてから口を開いた。

「お父様、お母様。私もユリウス様を愛しております。どうか、彼との結婚を許していただけないでしょうか？」

「……そう、か……」

「あなた……」

ナタリーも目の前の両親へ、嘘偽《うそいつわ》りない気持ちで言葉を紡ぐ。すると、見るからにお父様は戸惑《とまど》った表情になった。きっと、お父様はこれまでのことを思い返しているのだろう。戦争で身を挺《てい》してお父様を庇《かば》ってくれたユリウスの姿から、魔力《まりょく》暴走の件まで――そうした様々な彼のことを思い逡巡《しゅんじゅん》しているようだった。

いつものお父様なら、駄々《だだ》をこねて絶対嫌《いや》だと反対していたかもしれない。しかしユリウスの魔力暴走の一件の後、今後はナタリーを応援したいと言ってくれた。ゆえに、そうした相反する想いの中でお父様は悩み続けているのだろう。

「公爵様、あなたは――ナタリーをあらゆる災難から守ってくださると、そう誓《ちか》ってくれるということでお間違《まちが》いないでしょうか？」

「ああ、漆黒《しっこく》の騎士の名に懸けて――そして俺自身の全てに懸けて誓おう」

「……むし返すようで恐縮《きょうしゅく》ですが――しかしながら、公爵様はナタリーを危険にさらしたことを覚えておいでですか？」

「……魔力暴走の時のこと、だな」

「ええ。公爵様からは、お礼を言われましたが……魔力暴走を止めにナタリーが家から飛び出した日――あの日、私は外出を禁じておりました」

「……」

「結果的にはどうにかなったものの、どう考えたって命を落とす危険がそこにはあったことでしょう。私には、私には……それがたまらなく怖《こわ》いのです。しかも公爵様は漆黒の騎《き》士《し》団に所属していて、戦《いくさ》とは切っても切れない立場だ……ゆえに、心配が尽《つ》きないのです……！」

お父様は、想《おも》いが堰《せき》を切ってあふれ出したように言葉を紡ぐ。その内容に、ユリウスは否定的な返事はせず、お父様の言葉をしっかりと聞き——受け止めている様子だった。そして、ゆっくりと口を開く。

「……領主殿が言う通り、だな——心配をさせてしまい、申し訳ない」

「っ！　いえ……公爵様に謝らせたいわけではなかったのです……。頭ではナタリーが自分で決めたことなのだから、意思を尊重してあげることも必要だと——そう分かってはおります。しかしその結果、愛する娘《むすめ》を失う恐怖《きょうふ》が頭から離《はな》れないのです……」

重い空気の中、お父様は深刻な顔をしてユリウスとナタリーに視線を向ける。その瞳《ひとみ》から痛いほどお父様のナタリーを思いやる気持ちが伝わってきて、胸が締め付けられる。そしてお父様は、一回息をついたかと思うと——口を開いて。

「申し訳ございません。私は危険や心配のことで頭がいっぱいになってしまいまして……どうか、ナタリーとの婚約について——公爵様との結婚が本当に幸せなことなのか、見極《みきわ》める時間をくださいませんでしょうか？」

そう話したお父様の瞳には、決して否定的な色はなく、「結婚について真剣《しんけん》に親として考えたい」という熱がこもっていた。そうしたお父様の様子を見て、お母様もユリウスに優《やさ》しく声をかけた。

「公爵様、私からもお願い致《いた》します。夫は今までナタリーのことを自身の命以上に、大切に思ってきました。だからこそ、夫は娘の結婚についても自分のこと以上に考えたいと感じております……もちろん私も」

「……」

「私たち夫婦《ふうふ》はナタリーの幸せを願い続けているのと同時に、親心からか心配もつきません。そのためどうか、そうした心配も含《ふく》めて向き合う時間を頂きたいと思っておりますわ」

「お父様、お母様……」

両親の言葉に、思わずナタリーの目に熱いものがこみ上げてくる。ユリウスに言葉を紡いだ両親は、ナタリーにも向き合って「いいだろうか？」と声をかけてきた。ナタリーは否定する言葉などあるはずもなく――ユリウスの方へ視線を向ければ、彼は目じりを緩《ゆる》めて頷《うなず》いた。

「俺としても、ナタリーにとっての幸せが一番だ。ゆえにじっくり考えていただいて構わないし、どんな結論でも受け止めたい――むしろお二人の気持ちを教えてくれて、感謝する」

「私もお父様とお母様が大好きですから……いつも大事に思ってくださり、ありがとうございます」

ユリウスとナタリーがそう口にすれば、お父様とお母様はにっこりとほほ笑《え》む。途端《とたん》に場に満ちていた重い空気が消え、ペティグリュー家のいつもの和《なご》やかな空気へと変化する。

そうした会話を見守っていたミーナは、鼻をずびっとすすりながら「お茶が冷めてしまいましたね。温かいものを持ってきます」と言って退室していった。

「ふぅ……威厳《いげん》を保つのは、大変だった……」

「あら、あなた。まだ公爵《こうしやく》様は目の前におりますわよ？　しかも今日は夕食をご一緒《いっしょ》するのだから……」

「っ！」

「ふふっ、お父様ったら」

「はっ！　いかんいかん。ま、まだ認めてませんからね！」

「ふっ、ああ、分かっている」

緊張感から解放されたお父様がつい口に出したことで、お母様がにっこりとほほ笑みながら鋭《するど》いことを言う。その声をきっかけに、ユリウスとナタリーの顔にも自然と笑みが生まれ、温かい雰囲気に包まれた。

そうしてしばらく歓談《かんだん》していると、廊下《ろうか》からドタドタと駆《か》け足の足音が響《ひび》いてくる。その足音にナタリーを含めペティグリュー家の面々は、ハッとした顔つきになる。ユリウスだけが、何かに気づいた周囲にいったいどうしたのだろうと、困惑《こんわく》の表情を浮《う》かべていると――。

「お、お嬢様《じょうさま》――――！」

聞きなれた大きな声に、ナタリーは頭に手をやる。お父様とお母様も同様に、いつものことだから仕方ないとは思いつつも、来客中でも元気のよすぎる侍女《じじょ》に頭を抱《かか》えるのだ。

そしてミーナの声が響いたのと同時に、応接室の扉《とびら》が勢いよく開かれた。そこには、焦《あせ》って走ってきた様相のミーナがいて、彼女ははくはくと口を震《ふる》わせながら声を上げる。

「フ、フランツ様とマルク様がいらっしゃいました……っ！」

「えっ！」

「マルクが……？」

ナタリーが驚《おどろ》きの声を上げる中、ミーナの声に反応したユリウスは、小さく眉《まゆ》をひそめて怪訝《けげん》な表情を浮かべながらそう呟《つぶや》いていた。そしてミーナに案内されて玄関《げんかん》へ急いで向かえば、そこにはフランツに小突《こづ》かれているマルクの姿があった。

マルクとフランツは何やら話をしていたようで、ナタリーとユリウスがその場に到着《とうちゃく》したことにいち早く気づいたマルクが挨拶《あいさつ》もそこそこに大きな声を上げようとして――ユリウスの全身をじろじろと見つめた後ニヤッと笑った。

「ユ、ユリウス……その恰好《かっこう》――もしかして、俺……お邪魔《じゃま》だった……？」

「……」

「なんだよもう~恋愛《れんあい》の師匠《ししょう》である俺に、一言相談してくれてもよかったのにさぁ~！　このこの~！」

「……マルク」

「あ、ユリウス――ま、待って。そこ、じいちゃんにさっき小突かれたとこ……うぐぅ」


マルクが言うには、本日はユリウスに伝えることがあってペティグリュー家に急遽《きゅうきょ》来たとのことだった。ただ、ユリウスが何の用でペティグリュー家にきていたかは知らなかったようで、ひとしきりユリウスに明るく絡《から》んではやり返されていた。そして、マルクが悲鳴まじりに「わかったわかった！　ちゃんと本題もあるから……っ！」と叫《さけ》び、ユリウスの耳元で何かを伝えると、二人して神妙《しんみょう》な顔になって別室へと移っていった。

取り潰《つぶ》しの事後処理などで、ユリウスが忙《いそが》しいことはナタリーも知っていたので心配する気持ちもありながらも二人の背を見送ったのち、フランツを連れてナタリーは自室へと向かった。

「すまんかったのう。道中でちょうど孫が通りがかったものだから、ナタリー嬢のもとに一緒に向かうことになったんじゃが、馬車を急がせたところ――想像以上に早くついてしもうて……」

「いえ……！　ちょうど話も終わった時間でしたので、お気になさらないでくださいませ。むしろ私のことを気にかけて、訪ねてくださり嬉《うれ》しいですわ」

「ほっほっほ……そう言ってくれると、わしも嬉しいのう」

椅子《いす》に腰《こし》かけ、フランツは側《そば》に置いてある鞄《かばん》から慣れた手つきで診療《しんりょう》器具を取り出していく。実はフランツがやってきたのは、ナタリーの定期検診《けんしん》のためだった。というのも、ユリウスが魔力《まりょく》暴走に陥《おちい》りかけた際に王家の檻《おり》へ単身で乗り込んだナタリーの体調変化を、現在に至るまで綿密に診《み》てくれていた。ただ約束していた診察の時間は、まだ先だったため、ナタリーたちも驚いて出迎《でむか》えることになったのだ。

フランツは対面に座っているナタリーの腕《うで》に布状の器具を巻き付け身体《からだ》の状態を診察してくれている。「騒《さわ》がしい孫のせいで、身体に不調が出ていたらすまんのう……」と、フランツは冗談《じょうだん》めかしながら和やかな雰囲気《ふんいき》を作ってくれた。

（フランツ様もマルク様も気軽に接してくださるけれど――やっぱり少し緊張《きんちょう》してしまうわ……）

ユリウスの魔力暴走の一件以降に判明したのだが、フランツはセントシュバルツの先代皇帝《こうてい》で、マルクはセントシュバルツの第五王子だったのだ。そのことを打ちあけられた日は、雷《かみなり》に打たれたと思うぐらいの衝撃《しょうげき》が走ったことを覚えている。

あれは、王城で身体を酷使《こくし》しすぎたナタリーが静養していた日のこと。お見舞《みま》いに来た二人から、もう隠《かく》し事はしておきたくないとのことで教えてもらったのだ。その時はあまりの事態に、脳が追い付かなかったが——二人から今まで通りに接してほしいと言われたこともあり、その言葉に甘えて今でも二人に対しては変わらない態度で接している。

「ふむ……ナタリー嬢の体調は十分よくなっているのう。しかし、あれだけ使った魔力は——やはりというか、まだ回復の兆《きざ》しが見えないのう……」

「そうなのですね……けれど体調に問題がないのなら、安心しましたわ」

あの時は、とにかくユリウスの魔力暴走を止めなければと必死だった。だから、魔力が無くなってしまい魔法が使えなくなろうとも、悔《く》いはなかったのだが——こうして、改めて現実を聞くと、胸にツキンと痛みが走った。

(やっぱり……もう、リアムの魔力は……)

以前の生で生んだ一人息子《ひとりむすこ》のリアム。いつもナタリーに危機が迫《せま》ると助けてくれた優しい彼の力がもう感じられないことに、胸がぎゅうっと締《し》め付けられてしまう。

「おや……ナタリー嬢、大丈夫《だいじょうぶ》かのう?」

「っ! 申し訳ございません」

「いいんじゃ、何かわしのミスで痛みを感じさせてしまったかと心配したんじゃ」

「ふふ。フランツ様の診察に何度も救われておりますから、そんなことはありませんわ」

フランツの声で、ナタリーはハッと現実に意識を戻《もど》す。そうしてナタリーの言葉を聞いたフランツはとても嬉しそうにほほ笑んでいた。和やかな時が少し過ぎ、フランツがおもむろに口を開くと、「公爵様のことなんじゃが……」と切り出した。

「ユリウス様に何かございましたか……？」

「ほっほっほ、そんなに心配せずとも大丈夫じゃよ。ナタリー嬢のおかげで、少なくとも公爵様はもう魔力暴走は起こさないじゃろうて」

「――っ！　よかった！」

「……ただ公爵様の魔力が中和されたとはいえ、ファングレー家の遺伝的な体質が変わったわけではないようじゃ。そこはもう少し研究が必要じゃの」

ファングレー家には親の魔力をそのまま子に受け継《つ》ぐ呪《のろ》いがかかっている。親から子へ順々と受け継がれ溜《た》まっていく性質こそが、フランツが話す「体質」のことなのだろう。この体質によって、人間では到底制御《とうていせいぎょ》できない魔力量がたまっていくと――国を一つ滅《ほろ》ぼしてしまう程《ほど》の爆発《ばくはつ》を起こすのだ。それが魔力暴走であり、この魔力暴走を巡《めぐ》ってフリックシュタインとセントシュバルツは長きにわたって、密約を取り交《か》わしていた。

国同士の利益のために、道具のように扱《あつか》われていたユリウスのことを想《おも》うと――今でもナタリーは苦々しい気持ちになる。しかもフランツが言うにはまだ問題が残っているという話だったので、余計に気分は暗くなってしまい……。

「これこれ、病は気からじゃぞ？」

「え？」

無意識のうちに俯《うつむ》いていたら、フランツがナタリーの肩《かた》を優《やさ》しくとんとんと叩《たた》いた。フランツの声に促《うなが》されるように顔を上げれば、そこには優しくほほ笑《え》むフランツがいた。

「わしが必ず治す手立てを見つけてみせるから安心せい」

フランツの言葉にハッとなる。そうだ、暗くなってちゃいけないとナタリーは笑顔を取り戻した。なによりいつも味方でいてくれるフランツの言葉ほど心に沁《し》みるものはない。

「フランツ様、本当にありがとうございます。私にも何かできることがあればいつでもおっしゃってくださいね」

感謝を伝えたのちフランツとの会話に花を咲《さ》かせていれば、ナタリーの自室の扉をノックする音が響いた。「はい、どうぞ」と声をかければ、聞き馴染《なじ》みのある低い声が返ってくる。

「失礼する――もう、診察は終わっただろうか？」

「おや、噂《うわさ》をすればなんとやら、じゃな。診察はちょうど、終わったぞ」

「ユ、ユリウス様……！」

入室の許可を求めるユリウスの声を聞き、扉の方へ返事をする。すると、扉が開き、ユリウスと「ナタリー様〜！」とお茶目に笑うマルクが入ってきた。マルクに対して、やれやれとため息をつくフランツをよそにユリウスはナタリーの方へ近寄り、口を開いた。

「その……君に話すことがある」

「は、はい……」

「急で戸惑《とまど》うかもしれないが——今から俺はセントシュバルツへ帰国しなくてはならなくなった」

「え……！」

「今日は、君の家で夕食をいただく予定だったのに——申し訳ない」

ユリウスは、ナタリーに頭を下げて本当に残念そうな面持《おもも》ちをしていた。その様子を見て、ナタリーは何かただごとではない雰囲気を察した。慌《あわ》てて、「そう謝らないでくださいませ。何かご事情があったのでしょう？　顔をお上げください」と声をかけると、ユリウスが顔を上げたのと同時にフランツの声が耳に入ってきた。

「まったく。セントシュバルツ王家には困ったものじゃのう……」

「じいちゃんだって、そうじゃんか」

「む？　もうわしは隠居《いんきょ》の身だから、関係ないんじゃ」

「それは屁理《へり》く……あっ、小突《こづ》かないでよ、じいちゃん！」

フランツとマルクの言葉を聞いてユリウスに視線を向けると、二人が話した内容に関係するようで小さく頷《うなず》いてから。

「セントシュバルツの王家から、急ぎ国へ戻ってほしいとマルクから伝言を受け取ったんだ」

「そうだったのです……ね」

「本当にごめんね、ナタリー様。俺だって、ナタリー様を悲しませたくないし、こんな伝言をユリウスに届けたくはなかったんだけど……その、父さんからの命にも背《そむ》けなくて、さ……」

「マ、マルク様！　お気になさらないでくださいませ。そうしたお気持ちだけで十分ですわ」

「うう……本当に、ナタリー様は女神《めがみ》だ……あ、いてっ。なんだよ～ユリウス～！」

「見すぎだ」

「そうじゃぞ。ほれ、そろそろセントシュバルツに戻る準備をせねばいかんからな――マルク、この荷物をもってくれんか」

「え～、じいちゃん、元気なのに～」

マルクはフランツとユリウスに抗議《こうぎ》の声をあげながらも――しぶしぶ従う様子を見せた。

その後、そんなマルクをフランツが連れてナタリーの部屋から出て行くのであった。

ナタリーの自室から出たフランツは、少し険しい表情で「公爵《こうしゃく》様のお身体《からだ》のことやナタリー嬢《じょう》の魔力《まりょく》のこともあるのに……王家のことも絡《から》むのかのう……」と声を漏《も》らした。廊《ろう》下《か》を歩く中で、マルクはフランツの発言をしかと聞いたようで。

「じいちゃんが、思っている通り――父さんもそうだけど……あいつがユリウスのことを気にしているようだった」

「そうか……はぁ……クロードは、一番手のかかる孫じゃからのう……」

「王位継承《けいしょう》権第一位だから……兄さんは」

フランツの口から出た「クロード」という名前にマルクは俯き、暗い顔になる。その表情からもクロードとマルクの関係がよくないことは一目瞭然《いちもくりょうぜん》だ。しかしフランツとしては、嫌な予感が胸中をよぎった。それは、エドワードの家臣だった元宰相《さいしょう》が敵国・メイランドを扇動《せんどう》して、フリックシュタインを襲《おそ》わせた――その後の戦敗国となったメイランドの扱いに対して、国王以上にクロードが乗り気な構えを見せていることを知っていたからだ。

(あの孫は父親よりも、権力に執着《しゅうちゃく》している節があるからのう……)

厄介《やっかい》な孫のことを思い浮《う》かべ、フランツは眉間《みけん》に皺《しわ》を寄せる。しかもタイミングが悪いことに、ユリウスの魔力暴走というマイナス面が消えたことがセントシュバルツの王族内で知れ渡《わた》っている。爆発というリスクがないユリウスは、またとない「戦力」であり——それを物にすれば間違《まちが》いなく「王」としての地位が盤石《ばんじゃく》になるはずなのだ。間近でクロードを見てきたマルクが、ユリウスの今後を思って心配そうにしている様子を見ると、フランツは哀《かな》しみを感じた。

ずっと兄から権力競争というプレッシャーを与《あた》えられ、プライドを挫《くじ》かれ、競争世界から弾《はじ》かれてしまったマルク。きっと王族としてはクロードの考えが正しいはずなのに、家族としての温かさを期待して諦《あきら》めてしまったマルクの瞳《ひとみ》は、あまりにも——。そんなマルクの様子を見たフランツは眉尻《まゆじり》を柔《やわ》らかくしながら、口を開く。

「じゃが——可愛《かわい》げがあって、人を惹《ひ》きつける魅力《みりょく》が一番あるのはマルクじゃな。きっとお前が辛《つら》い時、困難な時は誰《だれ》かが手を差し伸《の》べてくれるじゃろうて……だから、その魅力はかけがえのないものなんじゃ」

「……っ！　じい、ちゃん」

「まぁ、すぐに調子に乗るところが玉に瑕《きず》じゃがのう？」

「じいちゃん〜〜〜！」

フランツの言葉を聞いたマルクは、みるみる表情が明るくなりフランツへ飛びつく。するとフランツは、重そうにしながらも受け止めてやっていた。そして、廊下を渡った先にある玄関《げんかん》に着いたところで、マルクに声をかけた。

「ほれ、公爵様のためにも──ナタリー嬢のためにも、マルク、お主も王家に向かって毅《き》然《ぜん》とした態度をとらんとな！」

「うぇ⁉　お、俺も王家に……⁉」

「そうと決まったからには、支度《したく》に気合いを入れねばならんな。公爵様の荷物も支度を手伝ってやらんとのう？　まあ、副団長ならばするつもりだったかもしれんが」

「し、仕事が増えていく……」

どこか遠い目をしているマルクに対して、フランツはほほ笑みながら頷く。可愛い孫からの抗議を、優しくかわしながらフランツは窓からセントシュバルツ国がある方へ視線を向けた。マルクがもたらしたセントシュバルツ王家からの伝言は、決して楽観できるものではないのだろうと──権力による思惑《おもわく》に振《ふ》り回されてしまうのは、あまりにも寝覚《ねざ》めが悪い。

優しい友人であるナタリーのためにもどうにかして、ユリウスが縛《しば》られずにいられる方法を探《さぐ》らなければ、とフランツは意思を固めた。ファングレー家は長年セントシュバルツ王家の思惑に縛り付けられていた。並大抵《なみたいてい》のことでは抜《ぬ》け出すことは難しいのだが──。

しかし、過去においてはユリウスが身一つで向き合っていたこの問題に対して──今では、ナタリーがわが身のことのように向き合ってくれている。

（そして、今のナタリー嬢だからこそ……公爵様の呪縛《じゅばく》を──あるいは……）

フランツは脳裏《のうり》に、今日診察《しんさつ》をしたナタリーのことを思い浮かべる。彼女はユリウスにとって間違いなく救いであり、希望の光となって前を向く力になるはずなのだ……と。だからこそ、フランツとしてもユリウスをセントシュバルツ王家から解放するために、熱が入るのだろう。時刻は夕日が沈《しず》み始めている頃合《ころあ》い、段々と見えなくなっていく太陽にフランツは視線を向け、セントシュバルツへ想《おも》いを馳《は》せた。

賑《にぎ》やかなマルクとフランツが出ていくと、室内は一気に静かになった。

（セントシュバルツの王家から直々に、ユリウス様が呼ばれるなんて……なんだか胸騒《むなさわ》ぎがするわ）

セントシュバルツの王家には、魔力暴走の危険と引き換《か》えにファングレー家が手にしている膨大《ぼうだい》な魔力を国益のために利用していた過去がある。しかしそうした「魔力暴走」のことは、ナタリーの癒《いや》しの魔法によってどうにか解決に向かったのにもかかわらず、こうした呼び出しにはいったい何の意図があるというのだろうか。頭の中が疑念でいっぱいになった時、ユリウスがナタリーに話しかけてきた。

「すまない。嫌な気分にさせてしまっただろうか……？」

「あ！　い、いえ……その……、ユリウス様の用事があることは理解しましたし、仕方のないことだと思っております。しかし、身体の不調やその――ユリウス様にとってお嫌《いや》なことが起きないか心配で……」

「っ！」

　ユリウスと目が合い、一瞬《いっしゅん》言うか迷ったものの――ユリウスに隠《かく》し事をしたくはない気持ちの方が勝《まさ》り、心の中を占《し》める不安を素直《すなお》に彼に伝えた。するとユリウスは、一瞬目を見開いたかと思うとすぐに目じりをやわらげて、ナタリーの両手を優《やさ》しく持ち上げ、自身の手でぎゅっと握《にぎ》りしめた。

「すぐにでもこの用事を終わらせ――君のもとに帰ろうと思っている」

「ユリウス様……！　そのお言葉、嬉しいです。お帰りをお待ちしておりますね……！」

　ユリウスからの言葉によって、ナタリーの不安は少しずつ減っていく。確かに、ユリウスに急な用事が出来てしまって残念な気持ちもあったが、彼がナタリーのもとに「帰ってくる」と伝えられたことで、以前とは違うお互《たが》いの関係を改めて実感した。そのことに気が付いて、ナタリーの心にぽかぽかとした温かい気持ちが生まれていく。そんな中、ユリウスが言うか言うまいか迷うように口籠《くちご》もっていることに気づいた。

「ど、どうかなさいましたか……？」

声をかけると、ユリウスは少しだけ肩《かた》を跳《は》ねさせ、視線を左右に泳がせたのち、意を決したように口を開いた。

「君に、心配をかけてしまって本当に申し訳ない――そう思うのと同時に……」

「……？」

「俺のことを想ってくれる君に、どうしようもなく嬉《うれ》しくなってしまって……こんな男で本当にすまない……」

「っ！」

ユリウスの口から発せられた内容に、一度脳内で理解が追い付かなかったが――すぐに、その意味を察したナタリーの頰《ほお》に熱が走った。そして、こうして想いを真っすぐに伝えてくれるユリウスに対して、セントシュバルツに帰ってほしくないという気持ちが胸の中でいっぱいになっていく。

(離《はな》れたくない……そう、思ってしまうわ――いつの間に、こんなに私は……)

ナタリーは自分の想いに気が付き、上手《うま》く視線が合わせられなくなってしまう。ユリウスに離れがたいことを伝えれば、彼はどうにかしてセントシュバルツへ向かう日を改めてくれるかもしれない。考えれば考えるほど、自分の想いが膨《ふく》れていくのだが――それは彼の立場を悪くさせてしまうだろう。彼を思うからこそ、彼と一緒《いっしょ》に歩んでいきたいからこそ、彼を信じて待つことがきっと必要なのだ。

「そ、その……」

「？」

「ユリウス様は、悪くありませんから――謝らないでくださいませ。だから――少しでも早く、帰ってきてくれますか……？」

ナタリーが自分より身長の高いユリウスを見上げるようにそう告げれば、彼の目が大きく見開かれ、何かをぐっと堪《こら》えるような表情をする。「俺は、本当に……情けない――行かねばならないというのに……くっ……っ」と、ぶつぶつと呟《つぶや》いているようだった。ユリウスは情けなくないのに、いったい何がどういうことなのか、ナタリーが問う前に。

「君を悲しませないように、善処する――その……俺も、君に早く会いたいから」

「ユリウス様……！」

真っすぐなユリウスの気持ちに、ナタリーの胸はさらに熱くなる。そしてユリウスの端《たん》整《せい》な顔が近づいてきたのと同時に――。

「ユリウス――！　帰りの準備ができたぞー！」

「っ⁉」

「はぁ……マルク……」

窓の外から、威勢《いせい》のいい声が飛び込んできた。窓を隔《へだ》てていても分かるこの明るい声によって、部屋の中にあった熱は霧散《むさん》する。ユリウスはマルクの声を聞き、憂鬱《ゆううつ》そうに頭を抱《かか》えていた。そしてナタリーに今一度視線を向けてから、「邪魔《じゃま》が入ってすまない――この続きをまた今度しても……いいだろうか？」と懇願《こんがん》するように、熱のこもった瞳《ひとみ》で見つめてきた。

「っ！」

そんな初めて見るユリウスの姿に――きっと想いが通じ合った今だからこそ見られる一面に、胸がドキドキしてしまう。どうにか、振り絞《しぼ》るように小さい声で「はい」と返事をすれば、きちんと伝わったようでユリウスは嬉しそうにほほ笑《え》んでいた。

その後、なんとかユリウスを玄関《げんかん》先まで送り――両親にもユリウスの用事のことを伝えたナタリーだが、お父様からは熱でもあるのかと心配され、お母様やミーナにはなぜだかほほ笑みを向けられ、いたたまれなくなった。先ほどのユリウスの姿が強烈《きょうれつ》だったこともあり、ナタリー自身、少しふわふわとした振る舞《ま》いになっていたのかもしれない。そんな自分をシャキッとさせるべく、ぎゅっと手を握った後。

「気をつけて、行ってらっしゃいませ」

「……行ってくる」

そう、ユリウスと挨拶《あいさつ》をかわし――彼の背中が見えなくなるまで、屋敷《やしき》の外でナタリーは彼を見送った。

（どうか、ユリウス様が無事に帰ってきますように）

第二章　力こそすべて

「ファングレー卿《きょう》、此度《こたび》は急ぎ呼び出してしまう形となり……すまなかったな」

「いえ、陛下。心遣《こころづか》い感謝します」

「まさかフリックシュタインにいるとは知らなかったものでな——漆黒《しっこく》の騎士《きし》として赴《おもむ》いていたのだろう？　卿の仕事熱心ぶりには、目を見張るものがあるな」

白を基調とし、厳《おごそ》かでありながらどこか殺伐《さつばつ》とした城内の謁見《えっけん》の間にユリウスはいた。

目の前の玉座には、マルクの父であるセントシュバルツ王が鎮座《ちんざ》しており——ユリウスは、赤い絨毯《じゅうたん》が敷かれた床《ゆか》に跪《ひざまず》いている。

ペティグリューの屋敷から、マルクと共に馬を走らせ帰国した後、すぐに王城へと赴いていた。診療所《しんりょうじょ》へ戻るフランツとは道中で別れ、マルクも逃げるように漆黒の騎士団の宿舎へと行ってしまったため今はユリウス一人だ。どこか苦いものを嚙《か》み潰《つぶ》したように「父さんは、俺に会いたくないだろうから……さ」とこぼしたマルクを思い出し、ユリウスは胸を痛めた。セントシュバルツ王家は実力主義の色が強い。そのため表面上ですら、自身が認めない者に対して当たりが冷たいのだ。国王は片眉をあげて、口を開いた。

「ふむ。貴殿が肩肘はらずに済むのであれば、愚息《ぐそく》のマルクもともに呼べばよかったかもしれぬな。……この城もいつの間にか寂しくなったものだ。そうは思わないか？」

「……それは――」

国王の言葉にどう返すのが正解かわからず、ユリウスは言葉に詰まってしまう。

セントシュバルツ王城に漂《ただよ》う息が詰《つ》まるほどの重圧感――「戦《いくさ》」という名の競争心に魅せられた、この国の王家ならではの特色だった。しかしこの重圧感は時に人を排斥《はいせき》してしまう。事実、目の前の国王には三人の妃たちがいたが、全員王城から消えてしまった。一人は他殺、一人は事故にあって失踪《しっそう》、一人は王城にひしめく重圧感に耐《た》えきれず生家に逃げるように出て行ったと言われている。

加えて総勢十名ほどいた王位継承《けいしょう》者も気が付けば二人だけ。その多くは戦死や、政略によって他国へ嫁《とつ》ぐことになりいなくなっていた。現在残っているのは、第五王子のマルクと――他《ほか》の王位継承者を蹴落《けお》としたと噂《うわさ》される第四王子のクロードのみ。ただマルクは漆黒の騎士団に在籍《ざいせき》しており、王位継承権は実質あってないようなものだ。だからこそ、実の兄であるクロードの魔《ま》の手から逃《のが》れたと国内では噂されていた。もしくは冷酷《れいこく》な兄でも血のつながりゆえにマルクを見逃したのか……と。

（しかしそれ以上に……自分の妻子を助けることなく、競争心を煽《あお》るだけ煽って――犠牲《ぎせい》者《しゃ》が出ても全く意にも介《かい》さない陛下は……）

城の寂しさを嘆《なげ》きながらも、決して己《おのれ》に原因があるとは疑っていない国王に対して、ユリウスは言い知れぬ恐怖《きょうふ》を感じた。セントシュバルツの王族らしさを体現した国王は、口ではなんと言おうと、真に求めているのは「権力」のみなのだ。

(先代のフランツ陛下の治世は大きな戦もなく穏やかだったと聞くが……。皇后が病で亡くなってから、王家と距離《きょり》を取られるようになった理由は、きっとこういうところにもあるのだろうな)

ユリウスがフランツと出会ったのは幼少の頃だ。その頃の詳細な事情を知るわけではないが、退位したからといって医師として診療所を開くまでの道のりが簡単ではないことくらいはわかる。築かれた平穏な時代は彼の退位後、瞬《また》く間に消え去り、もとの「権力」を重視するセントシュバルツ王家へと戻ってしまった。

フランツの庇護《ひご》から離《はな》れた息子たちは、競争を続け――その勝者が、現在の国王である。フランツが、王家と距離を取らなければこうした殺伐とした雰囲気にはならなかったのかもしれないが――ユリウスには、そのことでフランツを責めることはできなかった。何度も魔力暴走による不調の面倒《めんどう》を見てくれていた恩があることもそうだが――優《やさ》しいフランツには王家の重苦しい空気は辛《つら》かったのかもしれないから。

国王がふっと、腹の内が読めない笑みを浮かべた。

「ああ、もう楽な姿勢になってくれてかまわない」

「……承知しました」

「それはそうとして、先日はファングレー家を取り潰そうとして――すまなかったな」

「っ！　そ、それは……」

「今まで多くの時を費《つい》やして、我が国へ尽《つ》くしてくれていたというのに……あの時はどうかしていたのだ。毎日、後悔《こうかい》してもしきれない思いだ」

「陛下からのお気持ちは、十分頂いております。だからお気に病《や》まないでください」

「……そう言ってくれるのなら、儂《わし》の心も救われる」

目の前に座している国王は、まるで慈愛《じあい》に満ちているかのような視線をユリウスに向ける。だが、ユリウスは一瞬たりとも気を抜《ぬ》かなかった。

そんなユリウスの不安が的中するかのように、国王は話を切り出す。

「卿の優しさは嬉《うれ》しく思うが、儂が納得《なっとく》できぬのでな……。だから今日、呼んだのは他でもない。国に尽くしてくれた卿へ、言葉だけではなく、正式に詫《わ》びをしたいのだ」

そして名案が思い浮かんだとばかりに、国王が明るい表情になったかと思えば――。

「卿を儂の……直属の騎士に任命しようと思うのだが――どうだろうか？」

「っ⁉　もったいないお言葉です……」

「いやいや……卿には謝っても謝り切れないからのう……この国の騎士にとっては最上位とも呼べる者として任命し、卿の手助けになればと思ったのだ」

「い、いえ……陛下のお心遣いだけで身に余る栄誉《えいよ》でございます」

「そんなに身構えさせる気はなかったのだが――直属の騎士だと気が引けるのならば……そうだ！　卿は結婚《けっこん》をまだしておらんかったな？　迷っているようだったら儂からどんな令嬢《れいじょう》にも推薦《すいせん》を出すことができよう――儂は卿の力になりたいのだ」

「……っ」

「どんな娘でも卿が望むのなら繋ぎをつけよう。なに、もう魔力暴走という枷《かせ》がなくなった――完全無欠な卿へは、どんな令嬢も肯定《こうてい》的な気持ちになるだろうよ」

言い募《つの》ってくる国王の様子に、ユリウスは眉間《みけん》に皺《しわ》を寄せる。ユリウスが魔力暴走を起こしかけた際には、ファングレー家を国の敵と表し取り潰そうと働きかけていたであろう人物が国王だ。しかし魔力暴走の懸念がなくなった途端、手の平を返すようにファングレー家の取り潰しは無くなり――むしろ、このように重宝するような態度を見せてきている。

(マルクのように素直《すなお》なお方ではない。おそらく……)

今まで、厄介者《やっかいもの》だったファングレーの「危険」が無くなったのだ。自分で思うのも皮肉だが、大きな魔力を保有するユリウスは、強大な武力そのものだ。だからこそ、一見こえのいい提案を持ち掛《か》けて新たな足枷を嵌めたいのだろう。

(しかも、王宮騎士《きし》ではなく陛下直属の騎士――ということは……)

セントシュバルツでは一番誉《ほま》れ高い騎士の位だが、この位に就《つ》くということは、国王の権力を支える中枢《ちゅうすう》を担《にな》うということだ。加えて、もう一つの提案は国王の権力下の者との婚姻《こんいん》。片方でも受け入れればこの先国王の命令に歯向かうことなど不可能に等しい。

（……もしや、陛下は――国ではなく〝ご自身〟への忠誠を求めている……？）

はじめは国家への忠誠を願われているように思っていたが――国王の意図が頭によぎり、ユリウスの額から嫌《いや》な汗《あせ》が流れ落ちた。慎重《しんちょう》に思い返してみれば、国への忠誠よりも先ほどから国王は、自身の恩をユリウスに売りつけようとしている節がある。

もしこれで国王の提案を拒否《きょひ》しようものなら、国王がユリウスに持つ心証が悪くなるのは必至だ。その後、ファングレーに何かしらの不評を広められ、窮地《きゅうち》に追いやられてしまうかもしれない。セントシュバルツ王家はそれほど他者を蹴落とすことに、躊躇《ちゅうちょ》がないのだ。それに仮に、国王直属の騎士になることを受け入れたとしても、ユリウスに自由な結婚など認められないだろう。結局のところ、どちらか一方だけを受け取ることはできない提案を、ユリウスは今、投げかけられている。

どうすれば……と逡巡《しゅんじゅん》していれば、脳裏に浮かぶのはペティグリュー領で会ったナタリーの笑顔《えがお》だった。国王の提案を受けることは、彼女と共に歩みたい、そして彼女の幸せを守りたい自身の気持ちを裏切ることと同義だ。たとえ己の立場が悪くなろうと、そんな選択などできるはずがない。

だからユリウスは、意を決して口を開いた。

「申し訳ございません。陛下、俺には心に決めた人が――……」

「おやおや、父上！　はじめに相談してくださった際には王宮騎士へ推薦する話だったのに、これは――話が違《ちが》いますね……？」

「ク、クロード殿下《でんか》……！　謁見《えっけん》の間は、人払《ひとばら》い中だと……」

ユリウスが言葉を紡《つむ》ぎ終わる前に、別の声がユリウスの声を遮《さえぎ》った。その声の主に対して、国王が一瞬眉を顰めて視線を向ける。一緒《いっしょ》に入ってきた側近らしき者が呼んだ「クロード」という名前に、ユリウスの耳がピクリと反応する。ユリウスの背後にある扉《とびら》を開けて、突然《とつぜん》ながらも優雅《ゆうが》に入ってきた者へユリウスは鋭《するど》い視線を向けた。その者こそ、セントシュバルツ国の王太子であるクロード・セントシュバルツであった。

クロードはマルクと同じく輝《かがや》かしい金色の髪《かみ》を持ち、切れ長で見る者を凍《い》てつかせるような青い瞳《ひとみ》を持つ。そして、力を重視するセントシュバルツにふさわしい逞《たくま》しい肉体の持ち主で、ユリウスに引けを取らないほど剣技《けんぎ》にも精通している。そんなクロードが、ユリウスの視線に対抗《たいこう》するように、鋭い視線を向けて口元に笑みを形作った。

「……ファングレー卿《きょう》と謁見の際には、誰《だれ》も入れるなと言っておったんだがなぁ」

「た、大変申し訳ございませんっ」

「おぬしは、クロードの側近じゃろう？　ちゃんと仕事をだな……まったく」

「はて、そうおっしゃるということは……俺がいると何か不都合でもあるのでしょうか？

父上にそう言われると、悲しくなるじゃないですか。謁見の時は、ご一緒すると話しておりましたのに……」

「……そうだったか？　つい、忘れてしもうておった」

「おや……それはきっと、日ごろから政務にかかり切りゆえに——疲労《ひろう》があるのでしょう。後の政務は俺にまかせて、しばらくお休みになってはいかがです？」

「っああ、クロード！　すまんかったな。もう思い出したから心配には及ばぬ」

クロードの物言いに、国王が焦《あせ》ったように声を上げた。そうしたクロードと国王の緊《きん》張《ちょう》が走るやり取りに、側近はあわあわと困惑《こんわく》している様子だった。

「ふっ、父上もお人が悪い。俺だって、ファングレー卿を自分の直属の騎士にしたいと思っていたのはご存じでしょう？　これ以上、王城での無駄《むだ》な血は見たくないと思っておりますが……父上はいかがでしょうか？」

「……っ！　平和が一番なのは、儂《わし》も同じだ」

「父上ならば、分かってくださると信じておりました。それでは〝国〟に仕える王宮騎士への話を、俺からファングレー卿へ改めてさせていただきます」

「し、しかし……」

「先ほども父上には話しましたが——我が朋友《ほうゆう》であるファングレー卿はずっと、漆黒《しっこく》の騎士団にいたためフリックシュタインへ行くことが多々ありました。だからこそ俺は今一度、ファングレー卿には王宮騎士として仕え、セントシュバルツへの想《おも》いをあらためて感じてほしい……そう、思っているのです」

「う、うむ……」

「父上もそう思われますでしょう？　であれば、ここは俺にまかせていただきたいのです。それに、父上は譲《ゆず》れないほど大事にしている政務でお忙しいようですし」

「ぐ、ぐぬ……。そこまで言うならばクロードに、この件は任せよう」

「ありがとうございます、父上」

にっこりとほほ笑んだクロードは、側近に「父上を執務《しつむ》室へ案内するように」と命じた。どこか慌てた様子の国王は、「きっと親しいお主と二人の方が、ファングレー卿も気が休まるだろう」と話し、クロードの側近を伴《ともな》ってそそくさと謁見の間を出ていった。

二人だけになると、クロードはゆったりとした仕草でユリウスに向き直る。その瞳には意《い》冷たさの他《ほか》に野心に燃える炎《ほのお》が見えた気がした。ユリウスの思考をよそに、クロードは意気揚々《きようよう》と声を上げた。

「セントシュバルツの騎士道を学びし我が朋友よ、どうか久しい時を埋める機会を俺に与《あた》えてくれないだろうか？」

「……殿下」

「ふっ、さすがに気障《きざ》すぎたか。しかし同じ学び舎《や》で、訓練を積んだのだからあながち間違っていないだろう？　なあ、ユリウス」

国王がいた時よりも幾分《いくぶん》くだけた口調になったクロードは、ユリウスを見て笑みを作った。そして「父上は、ここまでのし上がってきた俺を見て……どうやら戦々恐々《せんせんきようきよう》とされているらしい。全く、俺を出し抜《ぬ》こうとあがくとは……気が抜けん狸《たぬき》だ」と言葉を紡いだ。皮肉げな笑みを作りながらも、クロードは余裕綽々《よゆうしやくしやく》な素振《そぶ》りで「まあ、父上の気持ちもわからなくはないがな」と声を漏《も》らした。

クロードの言葉から、ユリウスは先ほど、ああも国王から直属の騎士になることを迫《せま》られた理由に合点がいった。国王はクロードを「自身の息子《むすこ》」というよりも「脅威《きようい》」としてみなしていたのだ。競争心を煽《あお》ったのは国王自身だと言えど、王位に興味がない弟を除き、全《すべ》てを排除《はいじよ》してしまったクロードの手腕《しゆわん》を見て、己《おのれ》も同じ道を辿《たど》ることに恐怖《きようふ》を感じているのかもしれない。ゆえに自身の身辺の守りを強固にしようとユリウスにそれとなく、叙任を勧《すす》めてきたのだろう。

（マルクからも、陛下からの呼び出しと聞いてはいたが──突然、殿下がやってきたのを見るに……）

国王自ら呼び出し、邪魔《じやま》が入る前にどうにか、ユリウスを直属の騎士に任命するつもりだったが、クロードに気づかれてあえなくその目論見《もくろみ》は瓦解《がかい》してしまった、というところか。それほどまでに、国王は焦っていたのだろうか。

一方でユリウスの目の前にいるクロードは、ユリウスに優《やさ》しげなほほ笑みを見せた。

「おいおい、そんなに睨《にら》むなよ。むしろ感謝してほしいくらいだぞ？　あのまま、父上の提案を退けれれば、名誉《めいよ》が失墜《しっつい》し――受ければ、間違いなくお前の自由はなくなっただろう」

「……そう、ですか」

「そう、例えば……ペティグリュー家の令嬢《れいじょう》と懇意《こんい》にすることもできなくなる、とかな？」

「っ！」

「ふっ、良い顔をするじゃないか」

クロードの口から出た「ペティグリュー」の言葉に、背筋がゾッとした。身辺が落ち着くまではと、建前上、ユリウスがフリックシュタインに赴く理由は、すべて漆黒の騎士団の任務ということになっている。間違いなくクロードはユリウスの身辺を調査済みなのだろう。

（あまり接点がないお方だったが――なぜ……）

クロードは確かに、幼き頃《ころ》に同じ学び舎で剣《けん》を習った幼馴染《おさななじみ》とも呼べる存在だった。しかし、それはあくまで幼い頃の話。今となっては、王城で指揮を振《ふ》るうクロードとは疎遠《そえん》になっており、こうして「友情」を語るほど仲が良かった覚えもなかった。それなのに、身辺調査された上に、まるで親しい友人のように接せられて警戒しないはずがなかった。

身構えるユリウスを見て、クロードは相変わらず明るい口調で語り掛《か》けてくる。

「俺は、お前とは仲良くなれると――そう思っているさ。ただ、立場上お前の上に立つことになるのかもしれないがな」

「……狙《ねら》いはなんだ」

「――ふっ。二か月後の建国祭までセントシュバルツに留《とど》まり、王宮騎士になることを受け入れてほしい」

国王と話をしていた時よりも、幾分か声のトーンを落として睨みつけるユリウスに、クロードはニヤリと口角をあげると――「国王直属の騎士となると都合が悪いからな……王宮騎士になったユリウスが率いる軍部を、メイランドに作りたいんだ」と言った。

「!? なにを……」

メイランドとは、先日フリックシュタインの元宰相の手引きにより戦《いくさ》をしかけてきて、同盟のもとセントシュバルツとフリックシュタインの連合軍が返り討《う》ちにした国だ。

そこにユリウス率いる軍部をおくということは――。

「フリックシュタインと、戦争を起こす気か……?」

「人聞きが悪い。……戦争になるかは、相手次第だろう?」

「どうしてそこまで――」

同盟を破り、戦争になる危険をおかしてまでメイランドを手にしたいというのか。

真意を探るようにじっと見つめるユリウスに対して、クロードはふっと笑う。

「現在、国の勢力は父上と俺とで二分している。だが、メイランドを手に入れれば一気に俺が優勢となるだろう。ユリウス、そして漆黒の騎士団を俺の傘下《さんか》に入れることができたら……あの父上を出し抜くことができる。この世界きっての魔力量《まりょく》を持つユリウスさえこちら側につけば——完膚《かんぷ》なきまでに、父上とその手中の者を城から排除できるだろう」

「……！」

「ユリウス、お前の力が必要なのだ」

「——欲《ほっ》しているのは、俺を意のままに操《あやつ》る手綱《たづな》だろう」

「……ふっ。しかしお前にとっても悪くない話だ。今まで漆黒の騎士団はお前の魔力暴走のこともあり……セントシュバルツでは憂《う》き目に遭《あ》ってきた。その地位をかなり向上させ、かつ——お前も今まで以上の権力を持てるはずだ」

「……」

クロードが語る内容は、漆黒の騎士団の弱みとも言える部分だった。フリックシュタインとの同盟のために心血を注ぐ騎士団という綺麗《きれい》な側面もあるが——セントシュバルツではその重要性とは裏腹に、力と名誉はあるが出世がしにくい騎士団であるとも知られていた。もちろんその理由は、両国を行き来する特殊な立場と、ユリウスの身体的な事情にあった。確かにユリウスが王宮騎士となれば、漆黒の騎士団の立場はより安定したものになるだろう。だが一方で、クロードの意のままに動く騎士団になってしまうということだ。

つまり、クロードにとって敵となる存在に先陣《せんじん》を切ることになるのは必至、今まで以上に戦《いくさ》への出動が増え、騎士団員の命が戦場で散る確率が格段に上がる。この提案は、ユリウスと漆黒《しっこく》の騎士団に「クロードのために命を差し出せ」と言っているようなものだった。

「よくそんな話を、俺にできたな……」

「——何も言わない奴《やつ》は信用ならないだろう？　リスクをとってこそ、大きなリターンがあると俺は信じているからな……それに」

ひりつく緊張感《きんちょうかん》がユリウスとクロードの間に走る中、クロードがふっと嬉《うれ》しそうにほほ笑《え》んだ。クロードの瞳《ひとみ》にはすべてを掌握《しょうあく》することが当たり前かのような余裕《よゆう》すらあった。

「久しい時を埋《う》める機会が欲しいと言っただろう？　だから、その機会を俺が作ってやろうと思ってな。そう——フリックシュタインには先の戦争での立役者の一人であるユリウスに、休みを与えることになったと伝えてある。……これで心置きなく、身辺整理ができるな？」

「……！」

「加えて当分の間は、マルクを漆黒の騎士団の団長にする。そして……建国祭の時をもってして漆黒の騎士団を引き揚《あ》げ、他の騎士団を派遣《はけん》するつもりだ。そうすれば、ユリウスも安心してメイランドへ赴けるだろう？」

ユリウスはクロードの言葉を聞き、彼を忌《い》ま忌ましげに睨んだ。すでにクロードは自身の計画のために動いていたのだろう。ユリウス個人の休みをとったこと、そして一時的なものとはいえマルクが団長になったという事実は初耳だった。クロードは「きっと、素直《すなお》な愚弟《ぐてい》も……今、その話を騎士団で聞き、驚《おどろ》いているかもしれんな」と面白《おもしろ》そうに笑っていた。ユリウスがこのことに対して異を唱える前に、クロードは言い渡《わた》すように淡々《たんたん》と口を開く。

「しかし、こうも矢継《やつ》ぎ早に命じられるのは、あまりにも可哀想《かわいそう》だと思ってな。建国祭までの間、頭を整理する時間くらいはやろうと思ったんだ」

「……強制、ということか」

ユリウスの赤い瞳がクロードを鋭《するど》くとらえる。しかしその視線を物ともせず、クロードは挑発《ちょうはつ》的に声を上げた。

「強制とは言いたくないな――俺の思いやりとして納得《なっとく》してほしいのだが、どうだろうか？」

「嫌《いや》だ、と言ったら……？」

「ほう？　俺はユリウスの意思を尊重するが――お前にとって望ましくない未来がやってくるかもしれないな？」

「なに……？」

「例えば――大切な人が危険にさらされる、とかな」

「ああ、それか漆黒の騎士殿《きしどの》がフリックシュタインへよく赴く本当の理由を、俺から父上にお話ししてしまうかもしれないな？　父上にまで狙われてしまったら……」

「殿下《でんか》……っ！」

「……最初から、お前に選択肢《せんたくし》はないんだよ——ユリウス」

クロードの言葉を聞き、ユリウスは抑《おさ》えきれない不快感を覚えた。クロードの中でユリウスが王宮騎士になることはもはや決定事項なのだ。自由に扱いやすい身分を与えた上で、国王ではなく自分に従うよう脅《おど》しをかけているのだろう。

（もし、ナタリーに危害を加えられたら……）

その想像をした瞬間《しゅんかん》——心臓が凍《こお》り付くような恐怖《きょうふ》を味わう。険しい表情をするユリウスに、クロードは飄々《ひょうひょう》とした態度で、「おお、怖《こわ》いな」と笑うばかり。

「まぁ、落ち着けユリウス。これはあくまで想像の話だ。それにお前が提案を受け入れさえすれば、そんな未来は訪れないだろう。——建国祭での返事を楽しみにしている」

「……俺を政局の駒《こま》にせず、陛下を安心させれば——無駄《むだ》な争いなど……」

「——ふっ。それは、そうかもな。しかし俺は……俺自身しか信用していない」

表面上はユリウスを安心させるように笑みを浮かべるクロードだが、瞳の奥には一切《いっさい》の感情がない。クロードは王位継承《けいしょう》権が第一位であり、玉座に一番近い立場だ。時を待てば、その座に就《つ》けそうなものだが……ユリウスの脳裏を、クロードの過去が過る。

クロードは第四王子でありながら、他の兄弟たちを「実力」と「戦略」でとことん排斥《はいせき》して、王太子の立場を得た男だ。いったい何がそこまで、クロードに王位を求めさせているのかは不明だが、ユリウスの中でクロードは「王位に貪欲《どんよく》な野心家」というイメージだった。

つまりは王宮騎士にするというのは名目に過ぎず、彼の本当の目的はユリウスを配下に引き入れることにあるのだろう。建国祭で、メイランドとの戦争の立役者の一人として漆黒の騎士であるユリウスの功績を表彰し、王宮騎士に昇格させる。その上でクロード個人に従わせたいのだ。良くない推測を導き出したユリウスの額に嫌な汗が流れる。そんなユリウスを労るように、クロードは今までの雰囲気から打って変わって、優しい声をかけてきた。

「まぁそんなに怖い顔をするな。こちらもユリウスができるだけ自分から忠誠を誓いたいと思えるように努めるつもりだ」

そうしてユリウスの肩《かた》を軽くポンと叩《たた》いてから、クロードは国王と同じく謁見《えっけん》の間から去っていくのであった。その場に残されたのは、ユリウスただ一人。

(――っく、どうすれば……)

ナタリーのもとに帰る約束をしたものの、すぐに帰れそうにはない。もし帰れば、それこそフリックシュタインの元宰相《さいしょう》と同じく……ナタリーを誘拐してユリウスを脅すといった蛮行を起こされかねない。現状のユリウスの敵は――セントシュバルツ国そのものだと言っても過言ではなかった。そんな危険にナタリーを巻き込むことは、何としても阻止《そし》せねばならない。

かといって、このままセントシュバルツに留《とど》まれば――間違《まちが》いなく、ナタリーはユリウスのことを不自然に思うだろう。しかしクロードの言葉を思い出せば彼女に手紙を出すことすら、危険に思えた。たとえセントシュバルツ内にいても、クロードならユリウスの動向を探《さぐ》るためにあらゆる手段を講じているに違いない。

「……っ」

嫌な考えがいくつも脳内をよぎり、眉間《みけん》に皺《しわ》が寄る。無意識に奥歯を噛《か》みしめていた。

そして答えは出ぬまま、ユリウス自身もその場から足早に出て行くのであった。

「ナタリー、ずっとカップを持っていたら指が疲《つか》れてしまうよ……？」

「あっ、お父様……ぼーっとしておりました……ごめんなさい」

ペティグリュー家のテラスにて、ナタリーはお父様とお母様と共にティータイムを過ごしていた。家族水入らずの時間で、楽しい会話に花を咲《さ》かせていたはずが――つい考え事に囚《とら》われていたらしい。持ち上げたままだったカップを慌《あわ》ててソーサーに戻《もど》すものの、少し決まりが悪くなってしまう。

「ふふ、お父様も私も怒《おこ》ってはおりませんよ……ナタリーの気持ちも分かりますもの」

「お母様……」

「公爵《こうしゃく》様のことを考えていたんでしょう？」

「……はい」

お母様に言われた通り、ナタリーはユリウスのことを考えていた。というのも、セントシュバルツへ見送ってから一か月が経《た》ったが……音沙汰《おとさた》はなく、ナタリーから彼へ送った連絡《れんらく》すら一つも返事がこない現状が、気がかりだったからだ。

（ユリウス様は、不誠実なことをされないはずだから……）

これまでのユリウスの行動を思い返すと、彼が何の理由もなしにナタリーに対して音信不通になるとは考えにくい。しかしつい先日、セントシュバルツでの用事を終えたと言っていた彼がそう簡単にトラブルに巻き込まれるだろうか。そもそも国境を越《こ》えての手紙だ、配達に時間がかかっているだけかもしれない。こうして悩んでいるのが、実は杞憂《きゆう》の可能性だってあるのだ。

ゆえに大好きな家族に心配をかけないよう、普段《ふだん》通りの振《ふ》る舞《ま》いをするべく気を張っていた。けれどいつの間にかお父様に言われるほど気もそぞろになっていたようだ。

ナタリーの様子を見たお父様が、慌てた様子で声を上げた。

「と、父さんの可愛《かわい》いナタリーにこんな顔をさせるとは……公爵様はよくないなっ！」

「もう、あなた……」

「だ、だって……ナタリーが悲しむ姿を、見たくないから……」

お母様に苦言を呈《てい》されたお父様は、しょんぼりと肩を落とす。ユリウスから婚約を申し込まれて以来、お父様が苦悩《くのう》していたことを知っているため、余計な心配を増やしてしまったとナタリーは申し訳なくなる。お母様もお父様の気持ちは理解しているのだろう。少し考える素振りを見せた後、何かを思いついたように声を上げた。

「ねえ、あなた……きっとナタリーは、セントシュバルツの状況がわからないから、不安なのだと思いますの」

「ふ、ふむ……」

「確か、あなたは明日——王城に用事があって向かう予定でしたわよね？　外務部に勤めてらっしゃるお知り合いに、会うのはどうでしょう。そこでなら、セントシュバルツの状況を知ることができますでしょう？」

「……」

「だから気分転換《てんかん》も兼《か》ねて、ナタリーを王城へ連れていってくださいませんか？」

「っ！」

お母様の最後の言葉を聞いて、ナタリーは驚《おどろ》いた。一方でお父様は無言で、眉間に皺をよせて唸《うな》っている。ひとしきり葛藤した後、お父様は何かを決心したようにナタリーに向き合うと。

「……ナタリー、父さんと明日――王城へ行きたいかい？」

と言った。今までのお父様だったら、きっと嫌《いや》がって口にしなかったであろう言葉だ。ナタリーは目を見開いて――頭で内容を理解したのち、即座《そくざ》に素直《すなお》な想《おも》いそのままに言葉を紡《つむ》いだ。

「っ！　はい、お父様……！」

「……そうか、分かった。そうしたら、明日ちょうど――ペティグリューの地下遺跡《いせき》の件での定期報告もあるからね。一緒《いっしょ》に王城へ向かおうか」

お父様の言葉を聞き、ナタリーの顔はぱあっと明るくなる。そして、お父様に感謝を伝えれば――そんなナタリーの様子に、どこか完敗だと言わんばかりにお父様が小さく首を振った。そしてきっかけをくれたお母様に、視線を向ければ――お母様は、全《すべ》てを受け止めるように優《やさ》しくほほ笑《え》み返してくれた。お母様は、なぜだか満身創痍《まんしんそうい》のお父様に明るく声をかける。

「ナタリーの希望も分かりましたし、明日はちゃんと――王城でセントシュバルツの情報を聞き、公爵様のご状況を摑《つか》んで来てくださいね」

「う、うむ……」

お父様の中ではどうやらいろんな感情がないまぜになっているようで、まだ複雑そうな顔をしている。そんなお父様をよそに、お母様はナタリーにゆっくりと近づき……ほほ笑みながら「私は、ナタリーを応援《おうえん》していますからね！　したいこと、なしたいことは遠慮《えんりょ》なく、ね？」と優しく語り掛《か》けてくれた。そうしたお母様の言葉に、自然と笑みが生まれたナタリーは「はい」と返事をし、明日に向けて前向きな気持ちになるのであった。

「待たせたね、ナタリー。さあ、外務部へ向かおうか」

「はい、お父様」

翌日、ペティグリュー家から馬車で数時間ほど揺《ゆ》られ、ナタリーはお父様と一緒にフリックシュタイン城を訪れていた。お父様の書類を地下遺跡を研究している所へ提出するまでは、スムーズに事が運び――いざ「外務部」へ向かおうと、王城内を歩く。外務部は、魔力をもつ人――つまり貴族の他国への行き来を把握《はあく》し、管理している部署である。貴族はフリックシュタインからセントシュバルツへ向かう際には、王城で外務部に申請《しんせい》し、許可を取る必要がある。

そしてこの外務部こそ他国の事情をより詳《くわ》しく把握しており、国の外交のための情報を管轄している。お父様の知り合いと話ができたとして、どこまで情報を教えてもらえるかはわからないが、それでも何かヒントくらいは得られるかもしれない。意を決して外務部に続く扉を開いたナタリーは目を見開いた。

「おや……？　久しぶりだね、ナタリー」

「お久しぶりです……！　国の太陽にご挨拶《あいさつ》を……」

「ふふ、堅苦《かたくる》しいのはなし……って、なんだか聞き覚えのある会話だね？」

扉の先にいたのは、燃えるような赤い髪《かみ》を持ち、新緑の瞳《ひとみ》を持つ偉丈夫《いじょうふ》、エドワード王子だった。お父様は、エドワードを見るや否《いな》や「で、殿下《でんか》……！」と慌てふためきながら、挨拶を交《か》わしていた。エドワードは、フリックシュタインの国王になるのも間近だと囁《ささや》かれている人物で、ナタリー、ユリウスと共に国家転覆《てんぷく》を企《たくら》んでいた元宰相《さいしょう》を捕《つか》まえた敏腕《びんわん》の王子様であった。

しかし一方で、ナタリーはエドワードの想いに対して応《こた》えられないと振った過去もあり、対面するとどこか少し気まずい気持ちがあるのも事実だった。そうしたナタリーの気持ちを見通しているのか、エドワードは「友人として、気軽に接してほしいというのは……ナタリーにとって嫌だろうか……？」としょんぼりとした様子で尋ねてくる。

「い、いえっ、そんなことはありませんわ。エドワード様」

「本当かい？　ありがとう、そう言ってくれて嬉《うれ》しいよ。その……あれから体調は問題ないかい？」

「お心遣《こころづか》い感謝いたします。フランツ様が親身になってみてくださるのもあり、すっかり元気ですわ」

「そうか、フランツ医師がしっかりと仕事をしているみたいだね。彼には、僕も世話になったから安心できる。──話は変わるが、ナタリー……今日はどうしてここへ？」

エドワードの疑問にナタリーはハッとする。というのも、魔力暴走の一件からエドワードとは会えておらず、王城内で久しぶりの再会を外務部で果たしたことになる。ナタリーの事情を知らないエドワードからすると、なんとも不思議な状況だろう。

一瞬言葉につまったナタリーに、エドワードは少し考えるようなそぶりを見せた。

「もしよければ、話を聞かせてもらえないだろうか？」

「は、はい……！」

エドワードにそう言われ、彼の案内のもとお父様と一緒に、王城内にある応接室へ向かうことになった。隠《かく》す理由もなく、ナタリーはここまで来た経緯を彼に話す。ユリウスがセントシュバルツに戻《もど》ったまま、音信不通なこと。その理由を確かめるためにも、セントシュバルツの状況《じょうきょう》を知りたくて外務部へやってきたこと。すると、見るからにエドワードは不可解といった表情になった。

「それは……少し妙だな」

「え？」

「セントシュバルツからフリックシュタインへ、公爵殿《こうしゃくどの》に休暇《きゅうか》を与《あた》える旨《むね》の連絡《れんらく》が来ていたんだ。それだけならフリックシュタインに来るのに支障はないはずだし、予定が変わったのなら連絡くらい寄越しそうなものだけれど。……それか連絡できない理由が何かあるのか」

「そ、それは……」

エドワードの言葉を聞いて、ナタリーはツキンと胸が痛んだ。彼の言葉からすると、特にセントシュバルツ内で秘密にしている様子でもなさそうなのは明白で、そう考えるとナタリーに知らせたくない事情があったのでは……と嫌な想像が掻《か》き立てられてしまう。そうした考えが脳内で巡《めぐ》っていると、エドワードがハッとした様子で「不安にさせるようなことを言ってしまってすまない。少し気になることがあったんだ」と話しかけてきた。

「い、いえ！　私の方こそ取り乱してしまい、申し訳ございません」

「実は僕も、外務部に来たのはセントシュバルツについて確認したいことがあったからなんだ。セントシュバルツから漆黒《しっこく》の騎士《きし》団の団長をマルクへ変更《へんこう》する通達が来てね……」

「え……!?」

エドワードの口から出てきた予想外の言葉に、ナタリーの顔から血の気がひく。ユリウスの身に何かあったのだろうか。魔力暴走の一件で、セントシュバルツの王族はファングレー家をいとも簡単に取り潰《つぶ》そうとしていたことが頭を過り、ナタリーの不安はさらに大きくなっていく。

「漆黒の騎士団がそうなっているとは……私も知らず——質問となり恐縮《きょうしゅく》なのですが……エドワード様は、このことを最近知ったのですか……？」

「うん、僕がその通達を受けたのも——ついこの間だった。セントシュバルツにおける漆黒の騎士団の扱《あつか》いは、僕も気になっているんだよね」

「そうなのですね。本当なら、ユリウス様にお会いして直接事情を聞けたらよかったのですけど……」

ナタリーの言葉を聞いたエドワードは、どこか考え込む様子を見せてから「そうだ！」と明るく声をかけてきた。

「ナタリーが公爵殿に会いたいと言うのなら、会わせられるかも」

「……えっ」

「実は、セントシュバルツに外交で向かう予定があるんだ。歓迎の夜会が開かれると聞いているから、そこで公爵殿と会えるかもしれない」

——どうする？　と、いたずらっぽく微笑むエドワードの言葉に一瞬呆然《いっしゅんぼうぜん》とし、話を理解するや否や「連れていってほしい」と即答しそうになる自分を必死で抑える。

行きたい。けれど、仕事で行くエドワードの邪魔になってしまうかもしれないし、連絡を絶ったユリウスが歓迎してくれるかどうかもわからない。

相反する感情に瞳を揺らすナタリーを、エドワードは口元に笑みを浮かべたまま試すように見つめた。

「出発は二日後だ。もともと少人数で向かう予定だったから、連れていけるのはきっと君一人だけになるだろう。もちろん、急な誘いだし断ってくれてもかまわない。……だけど、ナタリーはそれで本当にいいのかな？」

エドワードに問われて、再度自分の気持ちを考えてみる。弱気だったため、たくさんの心配で頭が埋め尽くされてしまったが、本当はユリウスの状況を知りたいのだ。彼の気持ちは彼にしかわからないのに、想像だけで延々と悩むことは得策ではない。それならば一刻も早く、彼に会いたかった。ナタリーは意を決して、言葉を紡いだ。

「私を、連れて行っていただけますか」

心が決まれば躊躇いはなかった。お父様にも自分の意思をちゃんと伝えなければと思い、ナタリーはお父様の方へ向き直る。

「お父様……その……」

「ナタリー……。父さんは、ナタリーの幸せを願ってやまないんだ」

「お父様……」

「正直なところ……今の公爵様のことを思うと――ナタリーを行かせて本当にいいのか、心配な気持ちが大きい。国が異なるだけじゃなく――置かれた立場の違いだって後の軋轢《あつれき》に繋《つな》がるかもしれないからね」

「……はい」

「――でも、頭ごなしに否定したいのではなく……父さんとしては、ナタリーの想《おも》いも改めて知りたいと……そう思っているんだ」

「っ！」

お父様は真っすぐにナタリーを見つめて、言葉を紡《つむ》いだ。その言葉すべてに、ナタリーへの思いやりが溢《あふ》れていて……ナタリーとしても、無意識のうちに言葉がするりと口から出ていた。

「確かに、お父様が言うように……ユリウス様と私では置かれている立場が違います」

「……うん」

「けれど、それでもお互《たが》いが歩み寄り――共に前に進むことはできるのだと、私はユリウス様と出会って強く思ったのです」

「……」

「私はユリウス様とだからこそ、共に生きていきたいと思いました。もし彼に何かあったのであれば、同じ目線で一緒に悩んで手を取り合いたいのです」

「……そうか」

ナタリーの答えを聞いたお父様は、おもむろに頷《うなず》いてから——どこか耐《た》え忍《しの》ぶような表情になった。本当は行かせたくないのだと、お父様の瞳《ひとみ》が物語っている。そうした中、ナタリーとしても息が詰《つ》まる思いでお父様と視線を交《か》わしていれば……。

「ナ、タリーを……応援《おうえん》するって、き、決めたんだ……だから」

お父様は瞳を潤ませ、今にも泣き出しそうな雰囲気《ふんいき》だったが、そこをグッとこらえてナタリーに対して、はっきりと言葉を紡いだ。

「殿下《でんか》もついて行かれるということだから、きっと危険は少ないだろう。なにより、ナタリーがしっかりと考えて決めたのだから……父さんは、応援するよ。きっと母さんも同じ気持ちだ」

お父様の言葉にナタリーは嬉しくなる。帰りの馬車では、大声で泣いてナタリーに縋《すが》ってきそうな雰囲気だが、それでも「ナタリーの意思」を尊重してくれるお父様に、じんわりと胸が温かくなった。

「お父様、ありがとうございます」

ナタリーがお父様にお礼を言うと、二人の会話を聞いていたエドワードが優しく微笑みながら「ふふ。それでこそ、ナタリーらしいって僕も思うよ」と声をかけてくれた。そして続けざまに。

「……どうやら、お父上の許可も得られたようだから――急ぎの用意となってしまって申し訳ないけれども、先ほど言った予定で進めるね」

「お気遣いありがとうございます。かしこまりましたわ」

エドワードからセントシュバルツでの予定など、具体的な話を聞く。おおよそは先ほど聞いた内容だったが、ナタリーは外交のことは気にせず、夜会の準備だけしておけばよいとのことだった。

（夜会用のドレスを持っていく必要があるわ――帰ったら、ミーナと準備しないと）

ナタリーが今後の予定について考えていると――エドワードは、一通りの話を終えてから楽しげに声をかけてきた。

「これで話すことは、全部……かな。ああ、それと――ナタリーも鬱憤《うっぷん》が溜《た》まっているだろう？　夜会では思いっきり、おめかしして公爵殿《こうしゃくどの》を驚《おどろ》かせてやればいいさ」

「え!?」

「殿下、そろそろお時間が……」

「おや？　どうやら、そろそろ会議の時間のようだ――それでは、また当日迎えに行くね、ナタリー」

「は、はい……」

王城に仕える家臣がいそいそとやってきて遠慮がちに声をかけると、エドワードは最後にナタリーににっこりとほほ笑んでその場を後にした。思いがけずエドワードに出会ったことによって、約束していた外務部の知り合いに会う必要はなくなった。そのためお父様の知り合いには、断りを入れてから急いで帰ることになった。

エドワードが迎えに来る当日。家族と共に、屋敷の玄関《げんかん》へと赴《おもむ》くと――時間通りに、玄関の先から強風が扉《とびら》を打ち鳴らす音が響《ひび》き渡《わた》る。大きな魔法《まほう》が玄関の先で起きたことをイメージさせる音に、ナタリーをはじめその場にいた面々は、ごくりと唾《つば》を飲んだ。そしてその空気を破るように、玄関先からノックが聞こえてきて、使用人たちが扉を開くと。

「我が国の太陽である殿下の仰《おお》せにつき、ナタリー・ペティグリュー様をお迎えに来ました」

仰々《ぎょうぎょう》しいほどに、礼儀《れいぎ》が行き届いている王城の使者たちがそこにいた。そしてナタリーの方を見て、「馬車の中で殿下がお待ちです」と声をかけてくる。その言葉に、承知の旨《むね》を伝えたあと――心配そうに見守るお父様とお母様の方へナタリーは向き直った。

「いつも私のために、心を砕《くだ》いてくださり……お父様とお母様には感謝しております。必ず、事を終えましたら帰ってきますので……その……セントシュバルツへ、行ってまいります……！」

「……ふふ。ナタリーは気づかないうちに、すごく逞《たくま》しくなりましたね。気を付けて、行ってらっしゃい」

「うう……本当に行くのかい……？」

「もう！　あなたったら！　昨日、見送る練習をしましたでしょう？」

「お母様、お父様……」

お母様に言われてしょんぼりとするお父様を見て、ナタリーは申し訳ない気持ちになる。

このようにナタリーだけが外国に赴くことになるのは、初めてのことで……お父様がこうも顔色が悪くなるのも、思いやってくれているからこそなのだ。だから、お父様に対してどのように言葉をかけるべきか悩んでいれば、ナタリーより早くお父様が口を開いた。

「ナタリー！　悩ませるつもりはなかったんだ……すまない。気を付けて行ってきなさい」

「……っ！　お父様……はい！　行ってきます……！」

両親から見送りの言葉をもらい、ナタリーは胸がじーんと熱くなる。応援の気持ちはもちろんだが、信じて待っていてくれるその姿に背中を押してもらった気がしたのだ。

王城の使用人たちにエスコートされるがまま、豪奢な馬車へと向かう。馬車の扉が開かれた先には――優雅《ゆうが》に座っているエドワードがいた。今日も今日とて、彼の美貌《びぼう》に陰《かげ》りはなく「国の太陽」としての威厳《いげん》も兼《か》ね備えた姿がナタリーの目に映った。

「やあ、ナタリー。こちらへどうぞ」

「エドワード様、お待たせいたしまして……申し訳ございません。本日はよろしくお願いいたしますわ……！」

エドワードからは、「全然待っていないから、気にしないで」と優《やさ》しい言葉をもらいつつ彼が示す対面の席へナタリーは座った。すると準備が整ったのか、御者《ぎょしゃ》が出発の合図をしたのを皮切りに、馬車がゆっくりと進みだす。ペティグリュー領からセントシュバルツへ向けて、木々が青々と茂《しげ》る街道《かいどう》を進んで行く中――エドワードとナタリーが乗る馬車の中は、沈黙《ちんもく》で満たされていた。というのも、この前はきっかけがあったため話す話題はあったが、今はエドワードの外交に同行する身である。

なによりこうして馬車で、未来の国王と一緒《いっしょ》にいることに畏《おそ》れ多い気持ちが大きくなり、ナタリーは緊張《きんちょう》していた。

するとナタリーの気持ちを察してか、エドワードはふわりとほほ笑み「そんなに長く馬車には乗らないから、安心してね」と話した。その言葉に、思わず首をかしげる。

「セントシュバルツまでは、馬車ですと結構時間がかかるイメージでしたが……」

「たしかに、普通に走らせるのなら……ペティグリュー領からは数時間かかりそうだね」

「普通に……？」

エドワードの口ぶりからどうやら普通に行くのではないということは分かるのだが、いったいどうするつもりなのかが分からず、疑問に思っていると——馬車の外から「殿下《でんか》、国境を越《こ》えました！」と、王城の使用人たちからの威勢《いせい》のいい声が届く。その言葉を聞いたエドワードは、馬車の窓を開けて「各自配置につくように」と声をかける。

「ナタリー、もう慣れたかもしれないけれど……浮遊感《ふゆうかん》があるかもしれないから——僕の手を掴《つか》んでくれるかな？」

「え……？　は、はい……？」

何が何だか分からないまま、エドワードに言われた通り彼の手に自分の手を重ねる。すると彼が花が咲《さ》いたようにニコッと笑うのと同時に、周囲から淡《あわ》い光が溢《あふ》れはじめる。

（も、もしかして……この魔法は……）

今から行われることに合点がいった瞬間《しゅんかん》、歪《ゆが》む視界とともに浮遊感に襲《おそ》われ——。

「もう、目を開いても大丈夫《だいじょうぶ》だよ」

「……っ！」

エドワードから声がかかり、おそるおそる目を開くと先ほどと同じく馬車の中にいることが分かった。そのことに、ナタリーは再び首を傾《かし》げてしまう。

（あら……？　瞬間移動の魔法を使われたと思ったのだけれども……）

もし自分が想像している魔法を使ったのなら、目の前の景色も変わっているはず。しかし何も変わっていない状況《じょうきょう》が視界に広がっており……疑問がつきないままエドワードの方を見つめると、彼は「ああ、君が思い浮《う》かべている魔法で間違《まちが》いはないよ」と言葉を紡《つむ》ぐ。そして馬車の窓の方へ、視線を向けてからナタリーに促《うなが》すように声をかけた。

「ほら、外の景色を見てごらん」

「え？」

エドワードに促されるまま、窓の外を見やれば――そこには、フリックシュタインとは異なる街並みが広がっており、自分たちが乗っている馬車が石造りの舗装《ほそう》された道を悠々《ゆうゆう》と走っていることが分かった。そして道の先に、見たこともない大きな城が見えてきた。荘厳《そうごん》な造りの城は、フリックシュタイン城に引けを取らないほど立派だ。その景色を目《ま》の当たりにしたナタリーは、わなわなと唇《くちびる》を震《ふる》わせながら言葉を紡ぐ。

「も、もしかして……もうセントシュバルツに着いて……？」

「ふふ、正解」

「っ⁉」

「驚《おどろ》かせてしまって、ごめんね。最近また魔法《まほう》の応用を始めて――馬車内はもちろん、その周囲の人も連れて、移動する魔法が完成したんだ」

「えっ……そ……えっ⁉」

「僕の得意魔法だから、つい遊び心を加えてみたんだ」

エドワードが嬉しそうに語るのとは反対に、ナタリーの思考は停止してしまう。瞬間移動の魔法で、エドワードと一緒に場所を移動したことは確かにある。しかしその際には、あくまで一人だけ魔法で一緒に連れて行っていたはずだ。それだけでも、魔法の技術はだいぶすごいのに、さらに大人数をこうして連れてこられるような魔法すらできるなんて。

「エドワード様……っ！　素晴《すば》らしいですわ……っ！」

先ほどの緊張はどこへやら、ナタリーは前のめりになってエドワードに話しかけていた。

そして驚きと興奮がまざった気持ちそのままで、エドワードの魔法のすごさについて語る。

ナタリー自身も魔法を使うからこそ、この魔法の難しさやエドワードにしかできない技術性のすごさを伝えずにはいられなかったのだ。なにより、長時間の馬車移動をせずしてこんなに素早《すばや》く他国へ着けるのは画期的だ。

「あ、ありがとう……ナタリー」

「あっ！　不躾《ぶしつけ》になってしまい……申し訳ございません」

「い、いや！　気にしないでくれ、その僕だけの個人的な事情で危なかっただけだから」

「？」

エドワードの呼びかけで、ナタリーは再び深く座る形で座席に腰《こし》かけ直す。そして向き合うように彼を見つめていれば……「こほん」とエドワードが小さく咳払いした。つい、幼い子どものように振《ふ》る舞《ま》ってしまった自分に恥《は》じらいを感じ、ナタリーは反省した。そしてどこか切り替《か》えるように、エドワードは口を開く。

「最初は普通《ふつう》に馬車で赴《おもむ》こうとも思ったんだけどね……さすがにセントシュバルツ城へ、直《じか》に瞬間移動してしまっては危険視されそうだからね」

「確かに……そうですわね」

「けれども、そのまま馬車で向かうのも芸がないだろう……？　移動時間の短縮にもなるし、セントシュバルツに許可を取った上で瞬間移動の魔法を使用した馬車で、この街までは来ることを伝えたんだ――そして今、ナタリーが、これほど驚いてくれたのだから……セントシュバルツの王家も、素敵《すてき》な刺激《しげき》を感じてくれたら嬉《うれ》しいよね」

エドワードの言葉を聞き、ナタリーは愛想笑《あいそわら》いを浮かべるほかなかった。というのも、彼の言葉からは、「これほどの魔法技術がフリックシュタインにはあるのだから、分かっているよな」とセントシュバルツに示す意図を感じ取ったからだ。国同士の関係は、全《すべ》てが全てきれいごとでは通らないというのは分かっていながらも、エドワードの笑《え》みからはそのすべてを見透《みす》かして動いている底の知れなさが窺《うかが》えた。

今回の訪問の主目的は次期国王としての挨拶《あいさつ》だと聞いていたが、たとえ挨拶であっても、気が抜《ぬ》けないということなのかもしれない。そうした重要な日に、ここまで連れてきてくれたエドワードには頭が上がらない。

「エドワード様、今日は連れてきてくださり……本当にありがとうございます」

「おや、気を遣《つか》わせてしまったかな……？　畏《かしこ》まらなくて大丈夫だからね。今日、ナタリーをここに連れてくるのは、僕にとってもメリットがあるからなんだよ」

「そう、なのですか？」

「うん」

そしてエドワードはナタリーに、「メリット」のことを詳《くわ》しく語ってくれた。それは「漆黒《しっこく》の騎士《きし》団」の存在についてだった。というのも、これまでセントシュバルツが漆黒の騎士団に関《かか》わる伝令を送ってきたのは初めてだったそうで。どうにも、裏がありそうだがセントシュバルツの内情を事細かに探《さぐ》るのは国同士の軋轢《あつれき》を生んでしまうため避《さ》けたいとのこと。

「この前話したように――セントシュバルツに探りを入れたいとは、前々から思っていたんだ。けれど僕の立場上、大々的に動くわけにはいかない。だからナタリーの力を借りられたら、と思ってね。あ！　もちろん、ナタリーが無理をしない範囲《はんい》で、僕に協力をしてくれたら嬉しいって意味だからね」

つまりは当事者であるユリウスと接触して、ナタリーから事情を聞いてみてほしい、ということのようだ。漆黒の騎士団の存在は、今となってはフリックシュタインにとっても大切な力という認識《にんしき》のため、セントシュバルツ内での「何かしらの事情」によって、万が一フリックシュタインにデメリットがあれば先んじて対処したいことをナタリーに説明してくれた。

そして一通り説明を終えたエドワードは、「目星をつけている理由はあるんだけれども――まだ可能性にすぎないから、そうしたことを含《ふく》めてセントシュバルツ王家と交流を図《はか》ろうと僕は思っているんだ」と語った。加えて、ナタリーの方へ視線を向けてから「この話を聞いても気負わなくていいからね」と声をかける。

「ここまで話すのも、ナタリーを友人だと思っている証《あかし》だと思ってもらえたら、嬉しいよ」

「エドワード様……話してくださることで、セントシュバルツの状況を知る機会になりましたわ……改めまして心から感謝申し上げます」

「そう言ってくれると、僕としてもありがたい……ああ、それと……ナタリーは夜会のパートナーとして参加するから直接の接点はほぼないと思うけれど、マルクの兄上――クロード殿下《でんか》には気をつけてね」

「マルク様のお兄様……？」

「うん。確信はないけれど――裏で糸を引いているように感じているんだ」

エドワードは表情を少し暗くしてから重そうな口を開き、「彼は人を利用し、蹴落《けお》とすことに躊躇《ちゅうちょ》がない男だからね」と言った。マルクの実兄であるクロード・セントシュバルツは、他の王位継承者をすべて排除して王太子の地位を勝ち取った、野心にあふれる男性らしい。そんなクロードの経歴をきいて、ナタリーは表情には出さないものの内心すごく驚いていた。

（人を利用し、蹴落とすことに躊躇がない……）

エドワードやマルク、フランツも、ナタリーの知る王族は思いやりのある人物ばかりだった。けれど、他の王族もそうとは限らない。現在セントシュバルツ城にいる王族は、魔力暴走の一件の際にファングレー家を取り潰《つぶ》そうとした面も持っていること。このことを改めて、注意深く見ないといけない――とナタリーは自分に言い聞かせた。

そしてセントシュバルツ城へ無事に到着《とうちゃく》した後は、エドワードのエスコートを受けながら王城内にある待機室とも呼べる部屋に案内され、国王に挨拶へ向かうエドワードと別れることになった。ナタリーは先ほどの話を思い返しては、どこか暗澹《あんたん》とした気分になりながらもフリックシュタイン王家の使用人たちに促《うなが》されるまま、夜会に向けて支度《したく》を進めていくことになった。

第三章　来たる夜会

エドワードからは、気負わなくていいと言われていたが――もやもやした気持ちが晴れることは無く、夜会の支度が着々と進んでいく。フリックシュタイン王城に仕える使用人の腕《うで》は確かなもので、てきぱきとナタリーは夜会用のドレスに身を包んでいた。

「支度が完了《かんりょう》いたしました」

使用人たちから、声をかけられたナタリーはその声に促されるように支度を終えた自分の姿を鏡で見る。

透《す》き通る肌をより滑《なめ》らかにするクリームに、唇《くちびる》の艶《つや》やかさを引き立たせる赤色の口紅。そして、普段は下ろしている髪《かみ》は丁寧に結《ゆ》われている。派手過ぎず、かといって地味過ぎない華《はな》やかな装いだ。

「本当は髪飾りもお付けしたかったのですが……」

使用人たちが残念そうに視線を向ける場所には、ペティグリューから持ってきていた花型の髪飾りがあった。急いで持ってきたためか、先ほど装着する段階で留め具が壊れていることが判明した。これればかりはどうしようもないことだと思い、ナタリーは使用人たちに気にしないでほしいと声をかける。

「あなたたちの責任ではないわ。気にしてくれてありがとう」

「そう、ですが……」

「留め具は帰ってから直せるわ。なにより今日、あなたたちが丁寧に支度を手伝ってくれたことが……本当に嬉しいわ」

ナタリーがそう声をかければ、使用人たちは瞳を潤ませて感謝を伝えてくれた。あらためてナタリーは鏡に映る自分の顔へ視線を向ける。

(普段は赤色の口紅はしないけれど……今日のドレスには色合いがぴったりね)

視線を下げると、そこにはペティグリューの屋敷《やしき》から持って来たドレスが、鮮《あざ》やかな赤を輝《かがや》かせていた。セクシー過ぎず、肩《かた》から腕に掛《か》けてデザインされている透明《とうめい》なシフォンが、柔《やわ》らかな雰囲気《ふんいき》を醸《かも》し出していた。そして胸元《むなもと》を覆《おお》うレースにはルビーが誂《あつら》えられており、華やかさを添えている。

そう……このドレスは、以前ユリウスがフリックシュタインの舞踏会《ぶとうかい》が開催《かいさい》される際に、ナタリーへ贈《おく》ってくれたドレスだった。今までは、使う機会がなくナタリーの自室のクローゼットに仕舞《しま》われていたが、今回セントシュバルツの夜会に出席するということもあり、一目でユリウスがナタリーに気が付けるように、そう思って持ってきたのだ。

「とても素敵ですわ……！」

ナタリーの支度を手伝った使用人たちは声を揃《そろ》えて、感嘆《かんたん》の言葉を紡《つむ》ぐ。普段《ふだん》、着慣れないデザインのドレスということもあり、少し気恥《きは》ずかしい。

「……あ、ありがとう」

使用人たちの案内でエドワードの待つ待合室に向かうと、ナタリーの姿を確認したエドワードは大きく目を見開いた。

(ま、まさか、どこか変なのかしら……?)

エドワードの様子に、自分の装《よそお》いに不安を感じたものの——態度に出すのは失礼かと思い表情に焦《あせ》りを見せないようにしてから、「お待たせしました、エドワード様」と声をかけた。

「あ、いや……！　あまりの美しさに、時が止まってしまったかと思ったよ」

「……！　お褒《ほ》めくださり、ありがとうございます」

エドワードにお世辞でも褒められたことで、ナタリーは自分の装いが間違いではないことにホッと安心感を覚えた。ナタリーが胸をなでおろしていると、エドワードが笑《え》みを深くしながら言葉を紡いだ。

「ふふ、これなら……ナタリーの待ち人へ、バッチリ想《おも》いが届くと思うよ」

「っ！　エ、エドワード様……！」

「今のままでも素敵だけれど、もう一工夫だけ」

エドワードが言った「待ち人」という言葉に、ナタリーはつい頬《ほお》を赤く染めたのち――彼が言った言葉「もう一工夫だけ」の意味を理解できず、きょとんと目を丸くしてエドワードを見つめた。するとエドワードは、指をパチンと鳴らし、ナタリーにウィンクをした。

そして使用人が部屋にあった姿見を、ナタリーの目の前に置くと――ナタリーは自分の頭部に目が行った。「あ……！」と驚きの声が思わず口から漏れる。ナタリーの結われた髪に瞳の色と同じくアメジストが施された花の髪飾りが輝いていたのだ。繊細な意匠が施されており、ふわっとしたシフォン素材によって可憐さも感じさせる。

「間違いなく、君は夜会の目をかっさらってしまうね――あ、申し訳ないっていう感情はなしだよ？」

「っ！」

「これには、宰相《さいしょう》の一件で満身創痍《まんしんそうい》だった僕に癒《いや》しの魔法《まほう》をかけてくれた――お礼の意味があるんだ」

「……エドワード様」

エドワードからの言葉を聞き、ナタリーは自分のことを思いやってくれるエドワードに感謝した。屋敷から持って来た髪飾りが、装着できない状況もあって――エドワードの気遣いにナタリーは頭が上がらなくなる。そもそもエドワードが言っているのは、元宰相がエドワードとナタリーを攫《さら》った事件のことだろう。あの時は、しかるべきことをしたという認識《にんしき》だったのでお礼と言われるまでのことではないと、エドワードに説明すれば——。

「夜会と伝えていたのに、髪飾りだけなかったのは何か事情があるのかなと思ってね」

「そ、それは……」

「それに……会場で、ナタリーが一番に輝いてほしいという〝僕のお節介〟なんだ」

続けて、「もしプレゼントのことを思うのなら、僕が困ったときに——ナタリーが友人として僕を助けてくれないかい？」と茶目《ちゃめ》っ気のある新緑の瞳《ひとみ》にそう言われてしまえば、これ以上、彼の想いを無下にする気持ちもなくなり。

「エドワード様、ありがとうございます。私がお力になれることがありましたら、ちゃんとおっしゃってくださいね？」

「うん。遠慮《えんりょ》なく、言うね」

ナタリーはエドワードの想いを受け入れ、夜会へと気持ちを新たにする。

「——これくらいだったら、許されるかな……」

「エドワード様、何かおっしゃいました……？」

「ううん、なんでも」

夜会のことで意気込んでいたらエドワードが小声で何かを言ったように思えて、聞き直した。しかしナタリーの勘違いだったようなので、深く気にすることはやめにした。

エドワードに連れられ、夜会が開かれている広間へ向かう。二人が広間に足を踏み入れると、先ほどいた室内よりも豪華絢爛《ごうかけんらん》で眩《まぶ》しいほどの光が視界を覆いつくした。そして、側に控えている衛兵らしき騎士《きし》が「フリックシュタインの王太子・エドワード様、そしてペティグリュー伯爵令嬢《はくしゃくれいじょう》・ナタリー様、ご来場です」と広間へ声を響《ひび》かせる。

すると広間にいた人々の声が一旦《いったん》止《や》んだかと思えば、ナタリーにセントシュバルツに属する貴族たちの視線が突き刺さった。その視線に緊張感《きんちょうかん》がだいぶん大きくなるものの、一度呼吸を整えてからゆっくりと会場を見回せば――。

(あれは……っ!)

多くの人がいる中でも、一瞬ではっきりと分かる赤い瞳と目が合いナタリーの心臓は大きく鼓動《こどう》する。そして瞳だけでなく、夜そのもののように艶やかな黒髪、待ち焦《こ》がれ続けた美貌《びぼう》を目で確認すれば、ナタリーの視線は彼――漆黒《しっこく》の騎士であるユリウス・ファングレーに釘付《くぎづ》けとなってしまう。

互いの視線が絡まった――と思いきや、ユリウスはすぐに驚いた表情を消し、さっと視線を逸らした。そんな彼の様子に違和感《いわかん》を持つのと同時に、ナタリーの不安が大きくなる。

ユリウスの振《ふ》る舞《ま》いはエドワードも見ていたようで、どこか考える素振《そぶ》りを一瞬見せたかと思うと、ナタリーへ優《やさ》しく耳打ちした。

「なにやら、公爵殿の様子がおかしいね？　ナタリーはどうしたい？」

ユリウスの反応は予想外だったが、ナタリーとしても彼の事情を知りにセントシュバルツまでやってきたのだ。ここで引くことはできない。なにより、遠目だったので一瞬のことだったが、彼が周囲を窺《うかが》うように視線を巡らせたような気がしたのだ。あくまで、なんとなく……なのだが。

「……エドワード様、私はユリウス様のもとへ――行きたいですわ」

自然とナタリーの口からそう、言葉が出てきた。エドワードはこくりと頷《うなず》いてから――

「僕も賛成だ。それじゃあ、挨拶にでも行こうか」と、ほほ笑んだ。そしてユリウスの方へエドワードは優雅《ゆうが》にナタリーをエスコートしながら、向かっていく。

ユリウスとの距離《きょり》が段々と近づいていく中で、「なぜ連絡《れんらく》をくれなかったのか」と聞きたい気持ちがむくむくと湧《わ》いてくる。しかしそれ以上に彼の現状を少しでも知らないと安心することはできない……とないまぜになった自分の感情を整理することに努めた。

「久しぶりだね。公爵殿」

「お久しぶりでございます、エドワード殿下《でんか》」

「ふっ。いつものように肩《かた》ひじ張らずに、話してくれて構わないよ？　だが、そのことよりも……公爵殿は、僕より先に話すべき人物がいるんじゃないのかな？」

エドワードから詰《つ》めるように話しかけられたユリウスは、一見淡々《たんたん》と落ち着いた表情に見えたが、ナタリーはぴくっと眉《まゆ》を動かしたことに気づく。どこか覚悟《かくご》を決めたように強く輝く赤い瞳に見つめられ、思わず目が釘付けになってしまう。しかし、どうにかいつものように声を出そうと――彼の名前を呼ぼうとした時。

「楽しそうな話をしていると思い来てみれば……ユリウスに――先ほどぶりだな、エドワード」

「殿下」

「ふっ……クロード殿《どの》、再び気にかけてくださるなんて――嬉《うれ》しいですね」

「ふっ……エドワードは、本当に食えないやつだな。おっと失礼……体格がいい奴《やつ》ばかりだったから、レディに気が付かず――挨拶《あいさつ》が遅《おく》れたな。隣《となり》にいるのは……」

マルクと同じ金色の髪《かみ》をもつ青年の怜悧《れいり》で切れ長の青い瞳がナタリーを射貫《いぬ》いた。ユリウスと似た体格の長身の男性は、どうやらエドワードが言っていたセントシュバルツの王太子・クロードのようだ。表面上では驚きや焦《あせ》りを出さないように、なるべく呼吸を整えてから――ナタリーはカーテシーを行って口を開いた。

「……挨拶の機会を賜《たまわ》り、光栄に存じます。エドワード様と共にフリックシュタインより参りました、ペティグリュー伯爵家のナタリーと申します」

「ほう……？　ペティグリュー……？」

「……？　はい。あの、何か……？」

「ああ、いや……こんなに美しい令嬢と出会えるとは、俺は運がいいと思ってな。俺はクロード・セントシュバルツだ」

ナタリーに挨拶を返した後、ちらりとユリウスに視線をやったクロードが、何かを面白《おもしろ》がるように目を細め、明るい声で口を開いた。

「エドワードの友人と聞いているが――ユリウス、お前も彼女とは面識があるのか？」

「はい。ですが、殿下がお気になさらずともよいかと」

「ふっ……そう硬《かた》くならなくていい。俺はすでに知っているのだから……な？」

ユリウスはクロードに対して、堂々と言葉を紡《つむ》いでいた。素っ気なくも感じるその態度は、王太子と騎士という以上に気のおけない関係のようにも見えるが……。ナタリーは、クロードのどこか観察するような視線に背筋が冷える。しかもクロードは「すでに知っている」と話していたが、いったい何のことを示唆《しさ》しているのだろうか。

先ほどから、表情はいたって平静そうなユリウスだが――ナタリーは、クロードに問いかけられたユリウスが、不快そうな声色《こわいろ》を微《かす》かににじませていることに気が付く。エドワードが言っていたように、ユリウスが連絡を取れなかった事情に彼が関係しているのだろうか。

「こんなに綺麗《きれい》な人を俺に紹介《しょうかい》しないなんて、ユリウスも意地が悪いじゃないか。改めて、君と会えて光栄――」

クロードがナタリーの手をすくうように自身の手を伸《の》ばして、触《ふ》れようとした瞬間《しゅんかん》。その手からかばうように、ユリウスの大きな背がナタリーの視界を遮った。

「会ったばかりの女性に、いきなり触れるのは――マナー違反《いはん》だ」

「ほう？」

ユリウスの毅然《きぜん》とした態度にクロードは、手を引いてから「それは、俺が王太子であっても当てはまることなのか？」とユリウスに声をかける。その言葉に対してユリウスは、迷いなく口を開いて。

「ええ。彼女は、俺の大切な人なので――丁寧《ていねい》に接していただきたいです」

ユリウスがクロードの質問に真っすぐに答えた――その言葉に、ナタリーの胸は熱くなった。あまりにも安直ではあるけれども、その言葉がナタリーの不安をすべて拭い去ってしまった。そしてナタリーがユリウスを大切に想《おも》うように、彼もまた想ってくれたのだと改めて実感する。一方で、まさかそう答えられるとは思っていなかったらしいクロードが、虚《きょ》を衝《つ》かれたかのように目を丸くしていた。

「ふむ……それは――」

「ええ、公爵殿にとっては――返しきれないほどの恩がある人物でしょう。クロード殿にも、先日お話ししましたが……彼女が公爵殿を魔力暴走から救った人物ですよ」

「っ！　ほう、彼女が……」

どこか探《さぐ》るように、クロードがユリウスに言葉を投げようとした時。エドワードが、先んじてクロードへ言葉を紡いだ。すると、その内容にクロードは弧《こ》を描《えが》くように瞳《ひとみ》を細めて——ナタリーへ笑《え》みを向けた。

「そうとは知らず、礼が遅れてしまってすまない。ユリウスを救ってくれて、心から感謝を申し上げる」

「い、いえ……」

「先ほども、いきなり手に触れようとしてしまい——すまなかった」

ユリウス越《ご》しにクロードから仰々《ぎょうぎょう》しく、お辞儀《じぎ》をされ——ナタリーは戸惑《とまど》いを隠《かく》せなかった。正直なところ早くユリウスと話をしたいと思うのに、体裁もあるためナタリーは動くに動けない状況《じょうきょう》となっていた。注意をすべき相手だが、それ以上に礼儀《れいぎ》を失しないように、慎重《しんちょう》に慎重に……頭に浮《う》かぶのはそのことが中心だった。

「ユリウスの大切な人ということもそうだが——セントシュバルツにとっても君は、救世主と言っても過言ではないだろう。ぜひ懇意《こんい》になりたいものだな……」

「過分なお言葉、ありがとうございます」

「……そうだ！　恩人である君にはぜひセントシュバルツを満喫《まんきつ》してほしい。しばらく滞《たい》在《ざい》していかれてはいかがだろうか？」

「え？」

「セントシュバルツが気にいったら、ここへ移任するのもいいだろう。我が国は優秀《ゆうしゅう》な人材を歓迎《かんげい》する。フリックシュタインではどのように活躍《かつやく》しているか……ぜひ、伺《うかが》いたいものだ」

「僕の前で勧誘《かんゆう》するなんて……随分大胆《だいたん》なお人ですね？」

「ふっ、硬いことを言うな、エドワード。人の心は移り行くもの、本人にとっての快適さがここにあるかもしれないだろう？　それに漆黒《しっこく》の騎士《きし》団だけでなく、国同士の交流が成り立つのはよいことだと思わないか？」

「まったく……あなたという方は……」

挑発《ちょうはつ》的に語り掛《か》けるクロードにエドワードは、やれやれとため息をこぼしていた。おそらく外交の中でも、クロードの調子にエドワードは振《ふ》り回されていたのだろう。そんな中、クロードは先ほどの提案に乗り気なようで、積極的に話しかけてきた。

「もし滞在に不安があるのなら……君と懇意にしているユリウスの屋敷《やしき》で過ごせばいい。それならば、ユリウスも文句はないだろう？」

「……殿下《でんか》」

ユリウスの返答を受けて、何が面白いのかくくっと笑うクロード。ナタリーが答えに窮していると、タイミングよく会場にいるオーケストラの演奏が始まった。その音色を耳にしたのと同時に、ユリウスはクロードとエドワードに姿勢よく礼をすると、「お二人とも、歓談中に申し訳ございませんが、ここで失礼いたします」と告げて、ナタリーに向き直った。

「ナタリー殿、俺と一曲踊《おど》っていただけないだろうか？」

「……っ！」

まさかダンスを申し込まれるとは思わず、うろたえてしまうナタリーだったが——ユリウス越しにエドワードと目が合った際にウィンクをされた。その茶目《ちゃめ》っ気ある瞳に「ユリウスとダンスをしておいで」という意図があることに気が付いたナタリーは、なんとか冷静さを取り戻《もど》して言葉を紡いだ。

「……はい、よろしくお願いいたしますわ」

場を離《はな》れることとなったので、クロードとエドワードに「失礼します」と挨拶《あいさつ》をした。

それをきっかけに、エドワードがクロードに語り掛ける。

「ふむ、クロード殿《どの》と夜会でも出会えるなんて、めったにない機会ですから……せっかくなので、飲みながらお話をしませんか？　例えば、メイランドのことなど」

「ほう？　エドワードは俺を誘《さそ》うのが上手《うま》いな。ならば、場所を移そう」

エドワードがクロードと話をしているのを見届け、ユリウスから差し伸べられた手へ自分の手を重ねる。クロードが視線を逸らした隙《すき》に、エドワードはナタリーへにっこりとほほ笑んだのち、まるで旧知の仲のようにユリウスの肩《かた》をぽんぽんと叩《たた》いた。

何かを言われたのか小さく頷いて返すユリウスを不思議に思いながらも、手を引かれるままに二人から離れて歩き出す。ぎゅっと握《にぎ》られた彼の手から熱が伝わってくるのを感じながら、どこかひりついた会話空間から脱出《だっしゅつ》した。

ユリウスのエスコートのもと、会場の中心へとやってくる。ユリウスと共に歩くたびに、人々がまるで信じられないものを見たかのような驚《おどろ》きの視線を、ナタリーとユリウスに向けていることが分かった。フリックシュタインの舞踏《ぶとう》会でもそうだったが、ユリウスがダンスをすることは珍《めずら》しいのだろう。

（も、もしかして……悪目立ちしてしまっているかもしれないわ……！）

エドワードに促《うなが》されるまま「きっと大丈夫《だいじょうぶ》」と思いここまで来たが……初めての場所であびる数多《あまた》の視線を改めて意識すると、胸のドキドキが止まらなくなってしまう。手にも汗《あせ》がにじみ出てしまっているのではないだろうか……そう不安に思った時、ユリウスが立ち止まる。そして宝石のような赤い瞳と視線が合い、ユリウスの口が開く。

「大丈夫だ」

「……え？」

「決して君が怪我《けが》をしないように、細心の注意を払《はら》おう」

そしてナタリーを支えるため、腰《こし》に彼の手が添《そ》えられた瞬間《しゅんかん》にフロア内にいたオーケストラが次の曲の演奏を始めた。ゆったりと、そして調和のとれたリズムの音楽が流れ出す。

ユリウスの発言に虚《きょ》を衝《つ》かれたナタリーは、ユリウスと共にステップを踏《ふ》みながら――思わず笑みがこぼれてしまった。

「ふふっ……！」

「っ⁉ ど、どうかしたか……？」

「ダンス中に怪我をすることを心配されたのは……初めてで……あっ笑ってしまって、申し訳ございません……！」

あまりにも真剣《しんけん》な表情でつぶやくユリウスがおかしくて、緊張などどこかに吹き飛んでしまった。きっと身を強張《こわば》らせていたナタリーを見てその理由をユリウス自身がダンス経験に乏《とぼ》しいことと結び付けたのだろう。

「そもそも、一度……ユリウス様と踊ったじゃありませんか」

「そっ……それはそうだったな」

「ユリウス様のリードはとてもお上手で……踊りやすいですわ」

ペティグリュー家で催《もよお》した夜会の際に、ユリウスとは一緒《いっしょ》に踊った経験がある。そのため彼のダンス能力に不安を感じてはいなかったのだが、こうしてナタリーを気遣う不器用な優しさを感じられて胸が温かくなる。

「そう言ってくれるのは、とても嬉《うれ》しい。……その――」

「……？」

ナタリーがユリウスに素直《すなお》な感想を伝えて、彼もダンスに苦手意識を感じずに踊れるだろうと思っていたのだが、相変わらずどこかまごついているユリウスの様子にナタリーは首を傾げる。そんなナタリーの姿を見たユリウスは、意を決するような表情をしたのち、口を開いた。

「その……いつも素敵《すてき》なのだが……今日の君は一段と綺麗《きれい》だ」

「っ！」

「俺が贈《おく》ったドレスに身を包む君を見たら……なんだか、胸がいっぱいで——言葉がうまく出てこず……情けないな。だが——本当に嬉しいと思っている。ありがとう」

そう言葉を紡《つむ》いだユリウスは、目尻を下げてナタリーにほほ笑んだ。彼の笑顔《えがお》を見た瞬間、ナタリーの落ち着いたはずの心臓が、再び大きく拍動《はくどう》を開始してしまう。

「君の瞳を思わせる……その髪飾りも素敵だな」

「あ、髪飾りは——エドワード様からいただいたんです。先日のお礼だそうで……」

「っ！」

「実は屋敷から持って来た髪飾りが壊れてしまって……何も付けずにいたら、気を遣っていただいて……」

「そうか……」

先ほどとは打って変わり、複雑そうに眉間に皺を寄せるユリウスに気づき、ナタリーは思わず心配になってしまう。彼を窺うように見上げて――。

「何か不愉快な思いをさせてしまいましたら、申し訳……」

「あ、いや！　ナタリーは何も悪くない。その、俺が自分自身を許せないと思っていただけなんだ」

「――え？」

「君に髪飾りを贈ることができず……悔しいな、と」

「そ、そうだったのですね……！」

「ああ、だから――今度は、俺から贈らせてほしい」

「あ、ありが……とう、ございます……っ」

まさかユリウスから、そんな言葉を聞けるなんて思っていなかったナタリーは慌《あわ》ててしまう。そんな中でも、どうにか冷静さを取り戻そうと思い、呼吸を整えてみるものの――ナタリーと目が合ったユリウスが本当に嬉しそうにほほ笑むため……再びナタリーの頰《ほお》は、真っ赤に染まってしまう。

なんだかユリウスにやり込められているような、どこか負けたような気持ちになって釈然としない。そしてそのユリウスに対する不満を思い浮かべるほど、ペティグリュー領にいる時と同じくらいに自然体になれたナタリーは、おもむろに口を開く。

「……ユリウス様」

「私……ユリウス様に会うまで――ずっと心配しておりましたの」

「っ！」

するりとナタリーの口から出た言葉は、自分の素直な気持ちだった。ユリウスからの便りがなく、セントシュバルツで想定外のトラブルに巻き込まれているかもしれないと聞き、大きな不安に襲《おそ》われていたのだ。そうした苦い感情が心を埋《う》め尽《つ》くしていき、ナタリーの表情が暗くなってしまう。そんなナタリーを安心させるかのように、腰に回された手にぐっと力が入った。

「どうした……？」

「本当に申し訳ない……俺がすべて悪かったんだ」

ユリウスは真剣な面持《おもも》ちで、ナタリーに謝罪してきた。その真っすぐな謝罪を聞くと、なぜだかナタリーはそれ以上、何かを言う気は無くなっていた。というのも、言い訳をせずに全《すべ》ての非を認めるユリウスの姿に、きっと今まで連絡《れんらく》ができなかったのは不誠実な理由ではないのだと確信できたからだ。

もちろん、やらかしてしまった子犬のようなしょんぼりとした表情のユリウスに少しほだされてしまっているところもあるかもしれない。しかしそれ以上に、彼を見て気づいたことがあった。それは、以前よりもユリウスが少しやつれたような様子だということだ。

ナタリーは目尻《めじり》を和らげてから言葉を紡いだ。

「きっと、あとでご事情を教えてくださる……そう、信じておりますね」

「ああ……！　ありがとう、ナタリー」

ナタリーの言葉を聞いて、しょぼくれていた彼の表情に光が戻《もど》っていく。そして、あくまで表面上ではダンスの所作にしか見えないように、ナタリーの腰を引き寄せ、彼はナタリーの耳元に自身の口元を近づけた。抱き寄せられるのとほぼ変わらない距離間に、一瞬、心臓が跳《は》ねたが――彼が「話をしたいが、会場では人の目が多すぎる」と声をかけてから、「先ほど、エドワード殿下《でんか》と会場を出た庭園で落ち合おうと話したんだ――共にそこへ向かおう」と言葉を紡いだことで、意識はそちらへと向かっていく。

（――あ！　もしかして、ユリウス様の肩《かた》を叩《たた》いた際に、エドワード様が話して……？）

すぐに思い至ったナタリーは、気を引き締めてこくりと頷《うなず》いたのであった。

ユリウスに連れられて王城から外へ繋《つな》がる通路を進めば、そこには広々とした芝生《しばふ》が広がっていた。ところどころに花壇《かだん》が設けられ、庭園にふさわしい彩《いろど》り鮮《あざ》やかな花が美しく咲《さ》いている。加えて秋風が季節の変わり目を告げるように、そよそよと優《やさ》しく吹《ふ》いており、少し肌寒い。そして周囲には橙色《だいだいいろ》のランプが灯《とも》っており、温かい光が微かに辺りを照らしている中、周囲をじっと見回したユリウスはナタリーに「ここなら、大丈夫《だいじょうぶ》だろう」と言葉をかけた。

「セントシュバルツ王城内では、至る所に誰《だれ》かの耳があるからな――だからこそ、エドワード殿下もここを選んだのだろう」

「そうだったのですね……」

「ああ……おそらく、クロード殿下と話が終わり次第《しだい》こちらへ来るはずだ。視界が開けていることもそうだが――ここなら不審《ふしん》な人物がいたとしても、俺がいち早く気づける」

ナタリーにそう語るユリウスは、眉間に皺《しわ》をよせながら周囲を警戒《けいかい》している様子だった。やはり王城はユリウスにとって気の抜けない場所なのだ。心配になって長身のユリウスをそっと見上げた。するとユリウスは何かに気づいたように、自身の上着を脱《ぬ》いだかと思うと――。

「庭園は、室内より涼《すず》しいから……よければ君に着てほしい」

「っ！　ありがとうございます――でもそれだと、ユリウス様が……」

「俺は冬でも薄着《うすぎ》で訓練するから気にしないでくれ。それよりも……ナタリーが風邪《かぜ》を引いたら、俺は悲しい」

ユリウスから言われた言葉にナタリーの心臓は、早鐘《はやがね》を打つ。外に出た際に一瞬身震いしたことに気づいていたのかもしれない。耐えられない寒さではないので口にしなかったのだが、自分のことを細部まで気遣《きづか》ってくれる彼の優しさに――思わず、心臓が摑《つか》まれてしまったようだった。ユリウス自身は本当に寒くない様子だったこともあり、ありがたく上着を羽織ることにした。そしてユリウスに聞きたかったことを、どう切り出そうかと思い、彼へ視線を向ければ——ユリウスは、ナタリーの視線に気づくと少し眉《まゆ》を寄せ、苦しそうな表情を浮かべた。

「……セントシュバルツ国内の事情から、君に連絡をすると——危険に巻き込む可能性があった」

「……っ！」

「君を守るために、解決するまで距離をとろうと思った……のだが、それが君を不安にさせてしまっていた……本当に、申し訳ない」

「ユリウス様……」

エドワードの到着《とうちゃく》を待つ間——ユリウスは、ペティグリュー領でナタリーと別れたあの日以降のことを話し始めた。王宮騎士になるよう求められていること、その上で手駒となるようクロードから脅されていること。建国祭まで国に留まり結論を出すように言われていること。

クロードがナタリーの存在を脅しに使ったという話を聞いて、あまりの事態に唇《くちびる》が無意識のうちに震《ふる》えていた。クロードが自身の父親である現国王を退けてまで玉座に座ろうとする野心に、恐《おそ》れを感じずにいられなかったのだ。そしてそのために手段を選ばずに、ユリウスを利用しようとしている。ユリウスの心情を思うと、ナタリーは胸の奥にツキンと痛みが走った。

「しかしだからと言って、君の手紙が来ているにもかかわらず——何も返事をしなかった俺は、本当に最低だった」

「……っ！」

「俺は……君を悲しませたくないのに……」

きっと彼としても、身動きが取れず歯がゆい想いを感じていたはずで。むしろ自身が辛い状況になっている中でも、ナタリーのことを大切に思ってくれていたことに気が付き、胸の内がじーんと熱くなる。

「ユリウス様、お話ししてくださって……ありがとうございます。何も知らず、先ほどは責めるような言葉を口にしてしまい……申し訳ございません」

「っ！　ナタリー、君は何も悪くない……！」

「ふふ、気遣ってくださり嬉《うれ》しいですわ。私としても、ご事情が知れて——ユリウス様が悪いとは思わないんです」

「……！」

ユリウスにナタリーが言葉を紡《つむ》げば、自然と二人とも笑《え》みを浮《う》かべ、許しあっていた。

そしてナタリーは、「だからこそ、一緒《いっしょ》に解決策を見つけませんか……？　共に歩みたいからこそ」とユリウスに語り掛《か》けた。するとユリウスも、面映ゆそうに目を細めて感謝の言葉を口にした後――「ああ、そうだな」と頷いてくれた。

「クロード殿下は、ユリウス様をメイランドに派遣したいとおっしゃったのですよね？建国祭まで考える時間を与えてくれたことには、何か意味があるのでしょうか……？」

「わからない。だが、建国祭の場で先の戦争の功労者の一人として、俺を王宮騎士に任ずるつもりでいるようだ。これは憶測だが……、その際に俺が陛下ではなく、自身の配下であると大々的に示したいのではないだろうか」

「……そうなのですね」

つまりはユリウスの力でメイランドを掌握することで、貴族たちから圧倒的な支持を得て、国王を玉座から追い落とそうとしているということ。ユリウスから事情を聞き、彼の状況を知れたのはよかったのだが依然《いぜん》として、取り巻く問題が片付いたわけではない。特にクロードに関しては、ユリウスを駒にするためなら何を仕掛《しか》けてくるかわからない。

（しかも相手は、王太子……だからこそ、不用意に逆らえないことを利用してくるはず）

そもそも王位継承《けいしょう》権第一位の彼であれば、時間を待っていれば玉座が手に入るはずなのに、クロードの野心の強さに国王が警戒心を強めた結果、互いに睨《にら》みを利《き》かせあう状況になっていた……なんて。そんな状態のセントシュバルツに、ユリウスを一人残してエドワードと帰国していいのだろうか。ナタリーが、脳内で考えを巡《めぐ》らせているとユリウスが、何かに気づいたように後ろを振り向いた。するとそこには——。

「やあ、お待たせ……いや、二人は仲直りができたのかな？」

ユリウスとナタリーのもとに、ほほ笑みながらやってくるエドワードが目に映った。エドワードがナタリーが着ている上着を見て、茶目《ちゃめ》っ気のある瞳《ひとみ》を向けてくるので……つい、照れくささもありナタリーは、頰《ほお》が赤くなってしまう。ナタリーとユリウスの無事を確認《かくにん》したエドワードは「クロード殿下《でんか》との話を終えて、僕的にはスムーズにこちらへ来られたように思うけど……公爵殿《こうしゃくどの》、どうかな？」とユリウスに尋《たず》ねた。

「ああ、他に人の気配は感じない。つけられている可能性はないだろう」

「そうか、それなら良かった。さて、僕にも事情を教えてくれるかい？」

エドワードはひと呼吸おいてから、ユリウスに話を切り出した。他国の王族相手にどこまで話すべきか迷うように、ユリウスは少し逡巡してから口を開く。話が進むにつれ、段々とエドワードの表情が暗くなっていくのが分かった。

「そうか……なるほど……クロード殿下が、そう言ったんだね」

ユリウスの話を一通り聞いたエドワードは、顎《あご》に指を当てて思案している様子だった。そして何かを決意したように、エドワードは再びナタリーとユリウスに向き直った。

「建国祭までというのは——僕が思うに、その翌日が最も重きを置いている日だからこそちょうどいい期限として言ったのだろうね」

「翌日……ですか？」

「ああ。建国祭の翌日がメイランドの今後をフリックシュタインとセントシュバルツで協議する日なんだ。協力して打ち倒したはいいものの、今のメイランドはまだどちらの国の領地とも言えない状態だからね。……だからこそ、今なら一気に掌握できると思ったんだろう」

「そんなこと、本当に可能なのですか……？」

メイランドを手中に収めれば、セントシュバルツでのクロードの権力が増大するということは理解できる。だが、今が好機といっても、セントシュバルツの国王やフリックシュタインをそんなに簡単に出し抜けるとは思えない。

声を失うナタリーをよそに、エドワードは無言のままのユリウスを窺うようにちらりと視線を向けた。

「普通なら難しいだろうね。だけど――公爵殿がいれば、きっと可能だ」

「……!?」

「それに、クロード殿と話していて少しひっかかることがあったのだけど、公爵殿の話を聞いて理解した。たぶん彼は近い将来、漆黒の騎士団もフリックシュタインから引き揚《あ》げて、メイランドに向かわせる気でいるんだろう」

「……え？」

「──そうなったら、争いは避けられない」

エドワードの言葉を聞き、ナタリーは驚《おどろ》きを隠《かく》せなかった。というのも、セントシュバルツとフリックシュタインの同盟の証《あかし》として、漆黒の騎士団がフリックシュタインの国防を支援《しえん》しているといっても過言ではないのだ。その漆黒の騎士団をフリックシュタインから引き揚げ、メイランドに送るということは、同盟を一方的に破棄して戦争をしかけるようなものだ。

ナタリーの心の中で不安が大きくなっていく。そしてエドワードはユリウスに視線を向けてから「そもそも、漆黒の騎士団の団長が替《か》わったと聞いた時から嫌な予感がしていたんだ」と話した。エドワードが言うには、フリックシュタインとセントシュバルツの同盟の証として「漆黒の騎士団」が存在できていたのは──「武に長《た》け、戦《いくさ》の神と称《しょう》されるほどのファングレー家」がいることが大きな要因なのだそうだ。

というのも、ユリウスがフリックシュタインへ派遣されるからこそ互いの国の安全が保障される密約だった。セントシュバルツは国を滅ぼしかねないほどの魔力《まりょく》暴走の危機から解放され、フリックシュタインは足りない武力面を大幅《おおはば》に賄《まかな》えるのだ。

「けれども、公爵殿の魔力暴走というデメリットがなくなっただろう？　つまり、互いを補い合う関係ではなくなったということだ」

エドワードの発言に、ナタリーはゾッとする。フリックシュタインとセントシュバルツの同盟が無くなるということは、これまでの平穏が失われるということだ。以前の生での戦争の記憶が蘇り、ぎゅっと手を握りしめる。

「クロード殿がメイランドを手中に収めれば、国一つ分の軍事力を手にすると言っても過言ではない。そうした力があれば、わざわざ同盟を結ぶ必要はないからね」

エドワードが改めてメイランドを巡る詳細な状況を教えてくれた。

フリックシュタインとしては元宰相の件の後、メイランドの領地を吸収し国力としようとしていたところセントシュバルツ王家が待ったをかけ、メイランドの首都に支援をし、回復させることがその国ひいては人々に対する人道的な支援なのではないか、と説き伏《ふ》せてきたそうだ。他《ほか》の国々の目もあるため、セントシュバルツの言い分も受け入れながら協力して、今後メイランドの中枢《ちゅうすう》を担《にな》う人材を配置しようという話になっていたらしい。

「初めの話に戻《もど》るけれど――セントシュバルツ建国祭の翌日というのは、メイランドの管《かん》轄《かつ》を巡って協議し、対応する人員を送る日なんだ。表面上では、相談しながら進めるはずだったのに――公爵殿率いる軍を送ってきたら……」

「……実質的な強奪《ごうだつ》が可能そうだな」

「ああ。セントシュバルツは、そのままメイランドの支配権を手に入れることだろう」

「そんな……！」

「しかも、彼は現国王とも対立している。ゆえに、戦力が増えた暁《あかつき》には――今のセントシュバルツの均衡は破れ、即座《そくざ》に彼が国王になる未来が……僕には見えるよ」

「……なるほど。それをきっかけに——同盟に信を置いていない殿下は、フリックシュタインへ侵略《しんりゃく》の手を伸《の》ばそうとする……と」

「ああ、公爵殿の言う通りだ——フリックシュタインが魔法の技術に秀《ひい》でているとしても、そんな強大な戦力をもったセントシュバルツに勝てるとは……到底《とうてい》思えない」

その言葉に何か思い当たる節があるようで、ユリウスは苦々しい表情を浮《う》かべていた。

セントシュバルツ、フリックシュタイン、そしてユリウスの状況《じょうきょう》を聞き、ナタリーは各々《おのおの》の問題が複雑に絡《から》み合っている状況に気が付く。

加えてこうした大きな問題が見えてきたことで、果たして自分が役に立てるのかと弱気な気持ちになっていく。しかも魔力は万全《ばんぜん》ではなく、癒《いや》しの魔法ですら発動できない今のナタリーに何ができるだろうか。どんどん沈《しず》んでいく気分のまま無意識のうちに、ナタリーは俯《うつむ》いてしまっていた。そんなナタリーをさらに突《つ》き落とす内容が、耳に飛んでくる。

「……きっとクロード殿は、公爵殿をなんとしても味方に引き入れようとするだろう——あらゆる手段を講じて、ね」

「っ！」

「……」

庭園内の雰囲気《ふんいき》が暗く重くなっていく。ユリウスがクロードという脅威《きょうい》にさらされていながら、何もできない無力感に胸が痛む。そして武力とは縁《えん》がないナタリーが、正々堂々とクロードに戦いを挑《いど》んだとしても勝てる見込みは――想像しなくてもゼロだ。

（……ユリウス様のお荷物にはなりたくないのに、無力な自分が悔《くや》しいわ）

そう痛切に、自分自身のことにやりきれなさを感じてしまっていた。何かできることはないのかと、頭をフル回転して考えていれば――あることを思い出す。それは、ユリウスから言われたナタリーの「強さ」について。以前、フリックシュタインの王都でばったり出会った時にユリウスからは、立ち向かう強さがナタリーにはあると教えてくれた。

（ここで、簡単に諦《あきら》めてしまうなんて……あんまりよね）

自分の想《おも》いを再確認《さいかくにん》したナタリーは、おもむろにエドワードとユリウスに口を開いた。

「クロード殿下から言われた……滞在《たいざい》の誘《さそ》いをチャンスにできないでしょうか？」

「チャンスに……かい？」

「ナタリー……？」

「はい。エドワード様が、魔力暴走の件に関わる人として私を紹介《しょうかい》した際に――クロード殿下《でんか》の対応がだいぶ変化したように感じております」

「……確かに、そうだったね」

「自分でいうのも気が引けますが――利用価値を見出《みいだ》しているように思いましたの」

ナタリーが話す内容に、ユリウスもエドワードも苦々しい表情で黙《だま》って聞いていた。しかしナタリーはこのことに、辛《つら》さは感じず——むしろここを上手《うま》く利用できないかと思っているのだ。

「建国祭までに、ユリウス様が肯定的《こうてい》な返事をしなければならないのなら——私が側《そば》にいることで相手側は、横暴な対応は取りづらいのではないでしょうか？」

「っ！　ナタリー……君は、もしかして……」

「はい、エドワード様。少しでも状況が変わる可能性があるのなら、私はユリウス様の側にいたいと思いますの」

「……」

「もちろん、かえってユリウス様にご迷惑《めいわく》をかけてしまうことになるかもしれないのですが……」

ナタリーの話を聞いたユリウスは、「君を迷惑になんて思わない」とすぐ返事をしてから——エドワードと視線を交《か》わしていた。二人とも何かを思案しているようで、ナタリーはじっと待つことになる。自分で言ったことに対して、今更《いまさら》になって「本当に、やり遂《と》げられるのか」という不安が襲《おそ》ってくる。確かに、自分を鼓舞《こぶ》してくれるユリウスの言葉に恥《は》じたくないと思い提案したが——あまりにも計画性がなさ過ぎたのかもしれない。

ナタリーは騎士《きし》ではないし、今は魔法も使えない存在だ。もちろん、意志が固いためクロードの言葉に騙《だま》されることは無いのかもしれないが——ナタリーが武力において弱いために、ユリウスの負担が大きくなることは間違《まちが》いない。きっとナタリーの提案に対して、エドワードもユリウスも危ない側面を再考しているはずで……。思わず、マイナスな感情からナタリーが視線を地面に落とした時。

不意に、ナタリーの肩《かた》へ優《やさ》しく手が置かれた。ハッとしたナタリーが視線を向ければ、ユリウスが「大丈夫《だいじょうぶ》か？」と心配そうにナタリーを見つめている。彼を助けたいと思っているのに……これでは本末転倒《ほんまつてんとう》だ。そこまで考えたナタリーは、意を決してユリウスと視線を交わしながら口を開いた。

「私……ユリウス様を残して帰りたく、ありませんわ」

「！」

「もちろん、私一人の意見でセントシュバルツに留まれるかは分かりませんし――そもそも私がお力になれるのか不安はございます。お父様とお母様を心配させてしまう選択《せんたく》をする……申し訳なさもあります。けれど、少しでもお力になりたいと思うのです……！」

「ナタリー……」

クロードの件だけでなく、ユリウスの身体のことも気がかりだった。魔力暴走の心配がなくなったとはいえ、近くでその後の経過を見守りたい気持ちもある。しかしナタリーは別の懸念《けねん》点も頭に浮かぶ。

「でも……不安の通り――私が足を引っ張る可能性もあります。ユリウス様のお邪魔《じゃま》にはなりたくない……とも思っているのです」

ナタリーが脳内で考えたことを、ユリウスに素直《すなお》に告げた。もしユリウスから、帰国したほうがいいと言われたら――悲しい気持ちはあるが、彼の重荷になることは避《さ》けるため帰国しようと思っていたからだ。彼の言葉を待つように、おずおずと視線を彼の方へ向ければユリウスは真剣《しんけん》な表情で、少し逡巡《しゅんじゅん》したのち。

「俺のことを考えてくれて、ありがとう……その、本音を言うと――君がセントシュバルツにいることは……危険だから、帰国して安全な場所にいてほしい気持ちがある」

「……っ！」

「しかしそれは俺のエゴだな。君を少しの危険にも晒《さら》したくないと思って、君の気持ちを無視した内容だ――ナタリーがもし俺の側《そば》にいてくれるというのなら、一緒《いっしょ》に打開策を考えていきたいと思っている」

「ユリウス様……」

「世辞ではなく、本当に心からそう思っているんだ。君との連絡《れんらく》ができない間、その……毎日、君が危ない目にあっていないか、不安がよぎってしまって……俺はこんなに無力なのかと痛感してばかりだった」

「確かに、全く連絡をよこさず――ナタリーを悲しませた罪は重いね？」

「エ、エドワード様」

ナタリーとしてはセントシュバルツに残りたい意志を伝えたはずが、いつの間にかユリウスの想いを打ち明けてもらっていたことに——エドワードの言葉で気づきハッとなった。

これにはユリウスも、ナタリーと同じく気が付いたようでどこか気恥《きは》ずかしそうな表情になっていた。それに対してエドワードは「しかしまぁ、公爵殿《こうしゃくどの》の姿勢が見えて僕としては——及第点《きゅうだい》ってところかな？」とニコッとほほ笑《え》みながら言葉を紡ぐ。

「それと——ナタリー、僕も君はセントシュバルツに残ったほうがいいと思っている」

「っ！」

「ナタリーを利用するようで口にするのは気が引けたのだけど……でもナタリーの意志がそこまで固いのなら、公爵殿のそばでクロード殿をいなすのは効果的だと思うんだ。それだけできっと、時間が大きく稼げる」

「エドワード様……！」

ナタリーはエドワードの言葉に、強く背中を押してもらえた気がした。エドワードは続けて「それに、もう一つ気になっていることがあって……」と言葉を紡ぐ。

「実はナタリーと王城で会った日に、僕はフランツ医師に会いに行ったんだ……その時、知ったんだけど——もしかしたら、ナタリーの魔力について進展があるかもしれない」

「……っ！」

「ナタリーの話なのに——先んじて聞いてしまったのはごめんね。こちらもフリックシュタインの檻《おり》を取り壊《こわ》すかに関連して、フランツの報告を聞く必要があったからね。でも、その話を聞いたからこそ、公爵殿の側にナタリーが付いていた方がいいと――僕は思っているよ」

さらにエドワードは、「おそらく、そろそろ資料がまとまると――公爵殿の屋敷へ向かう旨《むね》を聞いているから……フランツ医師を歓迎《かんげい》してあげてね」と伝えてきた。

「フランツ様が、いらっしゃるんですね……！」

「うん――そしてナタリーの滞在《たいざい》に関してだが、セントシュバルツにいる間は、公爵殿の屋敷にいるのだろう？　彼の話に乗っかるのは癪《しゃく》だが――クロード殿には、ナタリーが彼の提案を受け入れてくれた旨を伝えようと思っている」

夜会でクロードから言われた通り、セントシュバルツとしては魔力暴走という問題を解決してくれたナタリーに恩義を感じているらしい。それに、セントシュバルツは魔法よりも武力が優《すぐ》れている国のため――魔法の希少性が高い。なによりナタリーの持つ「癒《いや》しの魔法」は戦いで疲弊《ひへい》した戦士たちを治療できるといった……この国にとっては、またとない人材に見えるのだろうとエドワードは言った。

「けれど、エドワード様……私は今、魔法を使える状態では――」

「うん、そうだね。確かに魔法の提供はできないとは思うけれど――セントシュバルツはそのことを知らない。ここは正直に言わず、あちらをなるたけ牽制《けんせい》できる材料にすればいいと思っているよ」

「牽制……？」

「ナタリーの状態を素直に言えば、きっとあちらは露骨《ろこつ》に態度を変えて強気に出るだろう。ゆえに、ナタリーの価値を提示することに意味があるんだ。それによって、クロード殿は上辺だけだとしても優しげになるはずだから。そこを存分に利用してやればいいさ」

「……っ！」

「そもそも、魔力暴走を止めたのは——本当に君の魔法のおかげなのだから、何も問題はないよ」

そしてエドワードは二人にウィンクをしながら、「同盟国のフリックシュタインばかりが、あちらの要望を叶《かな》え続けるのも……フェアじゃないからね」と話してくれた。

「僕が準備できるのは、滞在のお膳立《ぜんだ》てだけだ。だからこそ、建国祭までに起きるクロード殿からの策略をどうにか、乗り越《こ》えてほしい」

「はい……！」

「もちろんナタリーや公爵殿のためでもあるけれども——セントシュバルツとは平和な未来を築いていきたいから、ね」

「……殿下《でんか》の心遣《こころづか》い、感謝する」

エドワードは、本当に大局を見ているのだなと実感する。彼はフリックシュタインの次期国王として、すでに外交関係や国民のためを思って――抜《ぬ》かりなく、今後の指針を考えている。しかしそうした「王族」としての側面だけでなく、「友人」としてナタリーとユリウスに対する思いやりが彼の言葉から感じられた。

その証拠《しょうこ》に、エドワードは「ナタリーのご家族には、今日のことを含《ふく》めてやんわりと僕から伝えよう。ご家族の安全についても、フリックシュタイン王家の精鋭《せいえい》をつけるつもりだから、心配しないでね」と安心させるようにほほ笑みながら伝えてくれたのだ。そして、ナタリーに視線を向けたのちエドワードはユリウスの方をジーッと見てから。

「それに……クロード殿と会場で話した際に、しきりにナタリーのことを教えてくれ、と言っていたからね――このまま帰るのも、危ないだろう？」

「っ！　殿下が……そうか……」

「僕は公爵殿を信じているから――大切な友人であるナタリーを守ってくれると思っていいんだよね？」

「ああ。必ず、俺の全《すべ》てをかけてナタリーを守ると誓《ちか》おう」

「ふふ、期待しているよ」

ナタリーはエドワードとユリウスの言葉を聞いていてもたってもいられなくなる。守ってくれるのはありがたい限りだが、自分のことをここまで真っすぐに大切にしてくれているユリウスの言葉を聞くと、なんだか気恥ずかしいような照れくささが生まれてしまっていた。エドワードと目が合えば、彼は特に声には出さなかったが「分かっているよ」と言わんばかりの優《やさ》しい新緑の瞳《ひとみ》に見つめられてしまい、ナタリーの頬《ほお》に熱が集まってしまう始末だった。そしてエドワードは、「最後に……」と話を締《し》めくくる言葉を紡《つむ》ぐ。

「ナタリー……君は、公爵殿の大切な存在ということで弱みでもあり強みでもあることを忘れないでね。君がいることで相手は表立って荒《あら》っぽいことはできないはず……と思いつつも、相手はセントシュバルツ王家だから何があってもおかしくはない」

「は、はい……！」

「不安はあるとしても、リスク無くしては何も得られないのが常だから……ね。だからこそ、君自身も用心してほしい」

エドワードのいつになく真剣《しんけん》な様子に、ナタリーは応《こた》えるようにしっかりと頷《うなず》いた。ナタリーの振《ふ》る舞《ま》いを見たエドワードは優しくほほ笑んだ。

そして一通り話し終え、「もし困ったことがあったら、いつでも連絡してね」とエドワードが気さくに言った一言を最後に今日は解散することになった。ナタリーとエドワードは王城に宿泊するため、明日エドワードが帰国する前にユリウスがナタリーを迎えにくることになった。

「何も問題なくうまくいけば、約一か月後の――セントシュバルツの建国祭前日に僕はここに来ることになっているから……また再会できるはずだ。二人の健闘《けんとう》を祈《いの》っているよ」

「心遣い、感謝する」

「お時間をくださり、ありがとうございます。エドワード様」

心強いエドワードの言葉に励《はげ》ましを感じながら、ナタリーはエドワードと共に、セントシュバルツ城内の廊下《ろうか》でユリウスを見送る。そして彼の背中が見えなくなってから、セントシュバルツ城で用意されたナタリーの部屋までエドワードがエスコートをしてくれるのであった。

翌日、すべてを滞りなく手配したエドワードは、ユリウスが迎えにくるなり、名残惜しそうにしながらもフリックシュタインへと帰っていった。

帰り際《ぎわ》エドワードが、ユリウスをじっと見つめた際に——その視線に応えるようにナタリーの側《そば》に立っていたユリウスがこくりと頷いたような気がした。あらためて、クロード殿下の動向にユリウスも警戒《けいかい》の色を強めたのだと思った。ナタリーは心の中でより一層、建国祭までユリウスの無事を願わずにはいられなかった。そしてエドワードの見送りを終えたナタリーはユリウスが乗ってきた馬車の中へ入り——久方ぶりの、加えて今世では初めてになるファングレー家の屋敷《やしき》へと向かうのであった。


馬車に揺《ゆ》られること、数刻。馬車の窓から見えたのは、以前の生の時に見た時と変わらない屋敷の外観だった。荘厳《そうごん》な門に、大きく広々とした庭と建物が目に入り、ナタリーは息を呑《の》む。そして自身の手が無意識のうちに震《ふる》え始めているのが分かった。

（ここは、あの頃《ころ》とは違う場所よ……だから、大丈夫《だいじょうぶ》、大丈夫……）

もう乗り越えたと思っていたのに、屋敷を見ると嫌でも以前の生の記憶が蘇る。ユリウスと前を向いていくと話し、意気込んでいたはずなのに——まだ過去に囚《とら》われた自分がいることに、動揺《どうよう》を隠《かく》せなくなる。それほどまでに、ここでの記憶《きおく》は鮮烈《せんれつ》で胸の中に刻まれていたのかもしれない。呼吸がどんどん浅くなってきた時——。

「大丈夫か？」

「ユリ、ウス様……」

赤い瞳が気づかわしげにナタリーを見つめている。そしてナタリーの震えている手に目を留め——「手に触《ふ》れても大丈夫だろうか？」と声をかけてくる。

「え？　は、はい……」

自分の身体《からだ》の反応に、驚《おどろ》きや戸惑《とまど》いでいっぱいになってしまっていたナタリーが気もそぞろにそう返事をしたのち、ユリウスの大きな手がナタリーの手を包みこむようにそっと重ねられた。そして、ユリウスは御者《ぎょしゃ》に少し待つように声をかける。というのも、馬車はすでにファングレー家の屋敷に到着《とうちゃく》していたのだった。しかしそれと同時に、ナタリーの身体はその場に縫《ぬ》い付けられたように固まってしまっていた。

「……すまない、無理はしなくていい」

「い、いえ……私もまさか……ごめんなさい」

「謝らなくていい、君は何も悪くない」

　ユリウスの温かな手のひらの温度によって、彼の気遣《きづか》いを感じるのと同時にナタリーの様子を案ずる彼の姿に、申し訳なさが募《つの》っていく。きっと彼もナタリーが過去のことを思い出して、こうなっているということを理解しているのだ。だからこそ、迷惑《めいわく》をかけたくないという気持ちと彼の悲しい表情を見たくない気持ちが大きくなっていく。

「無理をしてここじゃなくとも――別の場所に行こうか……？」

「っ！」

　ユリウスの言葉に、ナタリーは目を大きく見開く。その言葉にはナタリーをいかに大切に想《おも》っているかが表れていた。その温かさに、少しずつ気持ちが落ち着いていく。

（私はユリウス様の力になりたいから、ここに来たのに――これでは、足手まといになってしまうわ……）

　ナタリーはどうにかしなければ……と、悩《なや》みながら自身の手を見てみれば先ほどよりも震えが少しおさまっていることに気が付く。そして今は一人で耐《た》えているのではなく、ユリウスと二人で支えあっていくと決めたことを思い出せば――ナタリーのアメジストの瞳からは迷いは無くなり、今一度ユリウスの方へ視線を向けて。

「ユリウス様……別の場所へ行く必要はありませんわ」

「っ！　だが――……」

「その代わり、手をぎゅっと握《にぎ》ってくださいませんか？　ユリウス様の温かさで、勇気がもらえたら大丈夫な気がするんです」

「……！」

その言葉を聞いたユリウスは、ナタリーをじっと見てから――目尻を下げて、「そうか……分かった」と言葉を紡ぎ、優しくナタリーの手をぎゅっと握りしめた。ユリウスは癒《いや》しの魔法《まほう》を使うことができないため、これはあくまで彼の想いであり、彼自身の温かさを感じるのみだ。

しかしナタリーとしては、魔法ではない彼のそうした振る舞いによって手から身体へぽかぽかと優しい温かさに包まれていく感覚がした。彼がそばに居るから、だから安心なのだとそう感じれば、どこか不自然に強張っていた身体から力がふっと抜《ぬ》けていく。

「ユリウス様、もう大丈夫ですわ」

「っ！　本当か……？」

「ええ、馬車から降りるので支えていただけますか？」

「ああ……！」

ユリウスはナタリーの言葉を聞き、ホッとした様子になってから――それでもナタリーの様子を心配そうにしている表情になっていた。しかしナタリーに促《うなが》されるように、馬車から降りるためユリウスが先行して降りたのち、ナタリーの身体を支えてくれようと手を伸《の》ばしてくれた。そしてナタリーは、彼の支えを受け入れ身体を外へ乗り出す。するとスムーズな所作により地面へと無事に着地でき、久方ぶりのファングレー家の屋敷をしっかりと目で捉《とら》えた。

(……もう、震えていないわ)

あの頃とは違い、義母はここにはおらず、なにより国家の褒賞《ほうしょう》ではなく——ナタリーの意思でここに立っていると改めて実感すれば、先ほどまで頭の中を占《し》めていた恐怖《きょうふ》はすっと消えていく。そして周りへ視線を向ければ、ナタリーは驚きの表情を浮《う》かべた。

(あら……以前とは使用人の顔ぶれが変わった……？)

以前の生では使用人たちに軽《かろ》んじられ、辛《つら》い過去を背負うことになってしまったが、今ナタリーの瞳《ひとみ》に映る使用人たちは知らない顔の人ばかりだったのだ。その驚きのままに、ユリウスへ視線を向けると。

「その……母の一件もあり、使用人たちを一新したんだ」

「そうだったのですね」

そう話すユリウスの姿を目にしたナタリーは、ユリウスもまた過去から前を向くために一歩ずつ歩みだしている様子が窺えたような気がした。なんだか想像だけで、身構えすぎてしまったと感じながらも、ユリウスにエスコートされながらナタリーはファングレー家の屋敷へと足を踏《ふ》み入れていく。

ユリウスから屋敷の案内と共に、使用人たちの紹介《しょうかい》を受け、ファングレー家の屋敷内で滞在《たいざい》するナタリーの部屋へと通された。納屋《なや》のような部屋ではなく、シックな家具が揃《そろ》っており落ち着いた雰囲気《ふんいき》のある部屋だった。休息をとってほしいとユリウスに声をかけられたこともあり、部屋でゆっくり過ごす。

ペティグリューの屋敷では、ミーナやお父様といった明るいムードメーカーがいるおかげで、いつもどこかから声が聞こえていたことを思い出す。まだセントシュバルツに来て数日しか経《た》っていないが、自分の家が懐《なつ》かしい。

そうして数刻ほど休んだ後、優《やさ》しく扉《とびら》をノックする音が響《ひび》いた。ナタリーが返事をするとファングレー家の使用人が部屋の中へ入ってきて、言葉を紡《つむ》いだ。

「お休みのところ、申し訳ございません。ご主人様から、ナタリー様へ……フランツ様が来訪された旨《むね》をお伝えするように、と」

「っ！　フランツ様が……？」

「お会いになることもできますが、いかがいたしましょうか？」

「ええ、今すぐ行くわ」

思っていたよりもずっと早い来訪の報せに少し驚いたが、この慣れない地でフランツに会えることは素直に嬉しい。
(昨日エドワード様が言っていた件について……かしら)
そう推測しつつも、ナタリーはすぐにファングレー家の応接室へ向かうのであった。

第四章　漆黒の剣戟

「ペティグリューで会ったぶりかのう、ナタリー嬢《じょう》」

「フランツ様……！　お久しぶりですわ」

ファングレー家の使用人に案内され、応接室に着けば――優しい笑顔《えがお》のフランツに迎《むか》え入れられた。ナタリーを案内した使用人からは、「厨房《ちゅうぼう》での仕事がありますため、応接室近くには別の使用人が待機します。もし何かありましたら、お気兼《きが》ねなくお申し付けください」と声をかけられ、別れることになった。室内に入り、周りを見回せば近くのソファにはユリウスが座っていた。ユリウスはナタリーの到着を確認《かくにん》してから、声をかけてきた。

「エドワード殿下《でんか》から聞いてはいたが――意外とすぐだったな」

「なんじゃ、公爵《こうしやく》様はわしと会いとうなかったのか……？」

「……いえ、そんなことは」

フランツはユリウスの言葉を聞きとがめると、むくれたような様子になっていた。相変わらず茶目《ちゃめ》っ気があるフランツの様子に、ナタリーは思わず笑みがこぼれた。そしてフランツは、「あらかた、状況《じょうきょう》は公爵様から聞いたんじゃが——セントシュバルツに滞在することになったんだのう」とナタリーに声をかけてくる。

「しかも昨日はセントシュバルツの夜会に参加したんじゃろう？　豪華《ごうか》さだけは力を入れている場所じゃからな……楽しめたかのう？」

フランツにそう問われたナタリーは、素直《すなお》に「はい」と言い出しづらかった。というのも、ダンスという楽しい記憶《きおく》もあれば、ユリウスとの今後に向けて頭を悩ませていた記憶もあり——少し間を空けて「え、ええ」と返事をすることになった。

「ふむ……そうか。もしかして、うちの厄介《やっかい》な孫——クロードのせいで……ナタリー嬢は微妙《びみょう》な反応をしているのかのう？」

「えっ⁉」

「いったいどんな振《ふ》る舞《ま》いをしたのかは、想像にすぎないんじゃが……あやつは、傲慢《ごうまん》に振る舞うきらいがあるからのう——不快な思いをさせてしまっておったら、すまない」

「フランツ様は何も悪くございませんから……！」

昨夜の夜会では、フランツの姿は見かけなかった。現在のフランツは、王族ではなく医師として活動しているため、当たり前なのかもしれないが——そうだとしても、こうして王族内の事情を気にしてくれている。そして不意にフランツの口から出た「クロード」という言葉に、ナタリーはぎくりとしてしまった。

確かに彼の不穏《ふおん》な言動を思うと気が重くなってしまうが――クロードが悪さをしたからといって、フランツの責任ではない。そのためクロードのことでナタリーに謝るフランツに気を病《や》まないでほしいと伝えた。すると、フランツはどこか哀愁《あいしゅう》が漂《ただよ》う表情になった。

「わしは医師としても、友人としても――ナタリー嬢を応援《おうえん》したいと思うている」

「フランツ様……」

「きっとそれが、孫たちの良き未来にもつながっているように思うからのう」

「応援のお言葉、とても嬉《うれ》しいですわ」

ナタリーの言葉を聞いたフランツは、嬉しそうにほほ笑んでから表情を暗くした。

「むしろ、王家から距離《きょり》ができてしまったがために――大きく手助けをできなくてすまないのう。無力な老いぼれじゃから……」

「……っ！　いいえ、無力なんてことはありませんわ。そのお気持ちだけでも、大きな後押しになっておりますわ――！」

「ほっほっほ……そうか……」

フランツは何か眩《まぶ》しいものを見るように、優しく目を細めると朗《ほが》らかに笑った。そしていつもの和《なご》やかな様子に戻《もど》り。

「もし、辛いことがあればいつでもわしの胸を貸すからのう。ナタリー嬢は遠慮《えんりょ》なく――」

「……その必要はない」

「……ほう？」

「もしそんなことがあれば、俺が真っ先にナタリーのもとへ駆《か》けつける。それが、一緒《いっしょ》に歩むということなのだから――」

「ユリウス様……」

ユリウスの言葉を聞き、ナタリーの胸が熱くなった。以前だったら、ナタリーもユリウスも自分だけで問題を抱《かか》え込んでいたのかもしれない。しかし今、頼《たよ》り頼られる相互《そうご》の関係へと変化していっているのだと……彼の言葉からまざまざと感じられたのだ。

「どうやら何かあったようじゃな？」

「……フランツには関係ないことだ」

ナタリーには優しく微笑み、フランツには淡々と言葉を返すユリウスの様子に、フランツが呆れたように「まったく……」とため息をついた。少し室内の雰囲気《ふんいき》が和やかになった頃《ころ》、フランツは改めて「話をもどすんじゃが……」と今日ファングレー邸《てい》へ訪《おとず》れた理由について話し始めた。

「今日は、ナタリー嬢の魔力《まりょく》について……分かったことを話したいと思ったんじゃ」

「私の魔力、ですか……？」

「うむ。そもそも……わしは、ずっと公爵様の体調をどうにかしたいと思って、ファングレー家の体質や魔力について研究しておったんじゃ。まあ、国王を辞《や》めてからようやっと……なんじゃがな」

フランツはセントシュバルツの先代の王であり、マルクやクロードの祖父にも当たる人物だ。しかし医療《いりょう》の心得や志があり現在は自身の診療所《しんりょうじょ》を持って、人々の助けとなるよう尽力《じんりょく》している。だからこそ、ファングレー家の担当医師になった理由として自身が王として知っていた、ファングレーの呪《のろ》いともいうべき身体《からだ》の特異性をなんとかしたい……とずっと考えていたとのことだった。

「先日も伝えたように、公爵様の体質についてはもうしばらく研究が必要そうじゃが――ナタリー嬢の魔力についてはもしかしたら取り戻せるかもしれん」

「――!? 本当ですか？」

ユリウスや未来の我が子・リアムのことを思うと胸が痛むナタリーだが、続いたフランツの言葉に驚きで目を見開いた。

ナタリーが何かを口にする前に、隣に座っていたユリウスが「フランツ、詳細を」と前のめりになって問いかける。

「うむ。現在のナタリー嬢は魔力が少なすぎて……自然回復を待つとなると、百年はかかりそうな感じなんじゃ」

「……」

「じゃが、今持つ魔力量をなんとか増やせないかと思ってのう。今から話す方法は――仮説に基づいた初めての試みゆえ、安全の保証はどこにもないんじゃが……」

無言でフランツの話を聞くユリウスは、眉間《みけん》に皺《しわ》を寄せて思案している様子だった。そしてナタリーもユリウスもフランツの話に耳を傾《かたむ》けている中、フランツは続きを口にした。

「魔力暴走の時はナタリー嬢が公爵様に魔力を注ぎ、中和したじゃろう？」

「は、はい」

「今、公爵様の身体の中には、たくさんの魔力が蓄《たくわ》えられておる。しかも、運がいいことにナタリー嬢の魔力によって中和されているということは――もともとあったナタリー嬢の魔力の要素を持つということじゃ」

フランツが言うには、魔力は動物のように生きているわけではないが、魔法《まほう》を使用する際にエネルギーを創出する。その原理で、魔法を使える者は自身の魔力を回復することができるということらしい。それゆえに現在、ほぼ魔力量がゼロに等しいナタリーが自然に回復するのは多大な時間を要するということなのだろう。だからこそ、フランツはナタリーの魔力量を増やす方法を語った。

「容器いっぱいに入った水に、管を付けて……水の量が少ない容器に向けると――自然とそちらへ流れていくことになるじゃろう？」

「っ！　つまりユリウス様の魔力を私に……？」

魔力は水と同じく容量が少ない方に流れる性質を持つので、ユリウスの魔力をナタリーに流せるのではないか、ということだった。もしフランツの言う方法が成功すれば——。

「きっと、ナタリー嬢の魔力は時間はかかるものの——以前と同じく魔法が使用できるようになると……そう思うておる」

「まあ……！」

「……だが、それをするには危険がある——ということだな？」

「……ああ、そうなんじゃ……」

魔力の詳細な説明を聞けば聞くほど、変容したユリウスの魔力とナタリーの魔力は相性《あいしょう》が良くなっていると推測できる。ナタリーがユリウスから魔力を貰《もら》うことで、以前と同じく癒《いや》しの魔法が使えるようになるのなら……。

しかしそれは、本当にこの方法が成功したのちの話であり、あくまで今は机上《きじょう》の空論だ。魔力を他者に注ぐこと自体、魔力暴走の一件ではじめてナタリーが試したやり方だったのだ。フランツが言っていた通り、どんな危険があるのか不明という恐《おそ》ろしさをはらんでいた。

ナタリーは、フランツから説明を受けた方法について何度も悩み、考えてから——。

（もし魔力が戻《もど》れば——少しでも、ユリウス様の役に立てるわ……それに）

セントシュバルツ王家——特にクロードはナタリーの魔法に価値を見出《みいだ》しているのだ。だからこそ、そうした魔法が使えるのであれば武力だけではない交渉《こうしょう》材料にもなるはずだ。

ナタリーはフランツに視線を送ってからユリウスを見やり、言葉を紡《つむ》いだ。

「ユリウス様、私——フランツ様がおっしゃる方法を試してみたいと思います」

「ナタリー……」

「ちょうど今、フランツ様がおられることもありますし……その、危なくなったら中断することだって可能なのではありませんか……?」

ナタリーがフランツを窺《うかが》うように、そう話せば——フランツは「確かに、中断は可能じゃ。本当に今行うというのならば、わしも側《そば》にいよう」と言ってくれた。その言葉を聞いたナタリーは、勇気づけられたのもありユリウスに試みを行いたい意思を話した。すると、ユリウスの赤い瞳《ひとみ》がナタリーをじっと見つめてから、ふっと柔《やわ》らかな視線になった。

「俺は君に危険があるようなことをしたくはない……のだが」

「……」

「本来であれば、失うはずではなかった——君の力を取り戻したい……そう思うんだ。俺にできることがあれば——なんでもしたいと思うほどに」

「ユリウス様……!」

ユリウスからの言葉によって、ナタリーの表情はぱあっと明るくなった。

ナタリーとユリウスの様子を見守っていたフランツが、「決まったようじゃな」と優《やさ》しく声を出し、二人に立ち上がって向き合う姿勢になるよう伝えてきた。そして右手と左手で互《たが》いの手を握《にぎ》りしめるように手を繋《つな》いでほしいとのことだった。フランツの指示通りに手を取りあい、互いの目を見つめる。そして、「公爵様は魔法を使うのではなく、魔力を渡《わた》すように……力を込めてみるのじゃ。ナタリー嬢は相手に身を任せるように、受け止めるように……」とフランツから声がかかる。

ナタリーは集中力を高めるために目を閉じ、魔力を受け入れることへ専念する。雑念を排除《はいじょ》するように、目の前のことだけを、と思うのだが——心の奥底には、もしこれが成功しなければ、ナタリーの存在がユリウスの足を引っ張ってしまうのでは、という恐れがむくむくと湧《わ》いてきてしまう。

(だめよ、集中して——私)

温かいユリウスの手の温度に気を向けるように、すっと気持ちを切り替える努力をする。すると段々、ユリウスと繋いだ手から大きな熱を感じ——たのも、つかの間。

(あれ？　なんだか、ぼーっとするわ……)

身体《からだ》に、チクチクした痛みのような感覚。すると猛烈《もうれつ》に暑さを感じて、ナタリーの額からじんわりと汗《あせ》が流れ落ちる。どうにかこの暑さを和《やわ》らげたいのに、そう思えば思うほどなぜか熱が上がっていく気がする。

だんだんと身体の怠《だる》さが強まっていき——ナタリーの身体から力が抜け落ち、ふらっと重力に従うように前へ傾いていく。

「ナタリー……！」

「……ユ、リ、ウス様？」

「無理して話さなくて、大丈夫《だいじょうぶ》だ。フランツ、診《み》てほしい……！」

「もちろんじゃ、ナタリー嬢……少し失礼するぞ……」

ナタリーが倒《たお》れる前に、ユリウスが身体を受け止めてくれたようで、そのままソファに寝《ね》かされた。ただ、視界はぼうっとぼやけているように感じ──まるでこれは。

「熱の症状じゃな……水分の補給をした方がいいのう。薬もすぐに処方しよう」

「分かった！　水だな」

「ん!?　水はお主が行かなくとも……」

フランツの言葉にすぐに反応したユリウスは、自ら水を取りに行こうとして止められ、使用人たちが慌てて水を持ってくることになったようだ。

ユリウスと話す使用人たちの声の中に……ナタリーは、先ほどこの応接室まで案内をしてくれた使用人の声が聞こえたような気がした。

（……？　あら、確か──厨房《ちゅうぼう》での仕事があると……）

わずかに違和感《いわかん》を持ったが、それ以上に熱に支配されるようなぼうっとする感覚に脳内は埋《う》め尽《つ》くされてしまう。

ふいにひんやりとした手に手を握られる。すぐにユリウスだとわかり、ナタリーは安心して意識を手放した。

目を覚ますと、ナタリーは変わらずユリウスに手を握られたまま応接室のソファに横たわっていた。意識を失っていた時間は長くないはずだが、フランツの迅速《じんそく》な処置のおかげかナタリーの熱はだいぶ収まってきていた。

フランツはソファで寄り添うナタリーとユリウスに向かって「わしが言ったばかりに、すまぬな」と眉を下げる。

「どうにか二人の役に立てると……そう思ったんじゃが……」

「っ！　気を落とさないでくださいませ、フランツ様。今回のことで、自身の身体に負荷がかかることが分かりましたし……」

ナタリーの言葉を聞いたフランツは、それでも眉尻《まゆじり》を下げながら申し訳なさそうにしていた。自身の身体がこうもままならないことに、ナタリーはなんとも言えない気持ちになる。

そしてフランツは、「どうやら……」と言葉を切りだしたかと思うと――。

「ナタリー嬢《じょう》の身体は、魔力を注がれることに拒絶《きょぜつ》反応を示しているようじゃ」

「拒絶、反応……？」

「うむ。ナタリー嬢の魔力が入った公爵様《こうしゃく》の魔力なら――問題ないと思ったんじゃが……自分以外の魔力を流されたことに、身体が驚《おどろ》いてしまったようじゃな」

「そう、なの……ですね」

「じゃが、一つ気になっていることがあってな。先ほどの方法は失敗に終わったように見えたのに……ナタリー嬢の魔力量は微々《びび》たるものではあるが、増えておったんじゃ」

「……え！」

「明らかに、ダメだと思うたんじゃが――今後も続けていくことで、拒絶反応が緩和《かんわ》する可能性もあるし……もしかしたら、何かのきっかけでうまくいくかもしれないのう」

ナタリーはフランツの意見を聞き、確かにと思った。ユリウスから魔力を注がれた際に身体が驚いてしまったようにすぐに体温が上昇《じょうしょう》し、怠さを引き起こしていた状況《じょうきょう》が「成功」とは言いがたい。しかし、そうした身体の不調がありながらも、魔力を受け取ることができていたとでも言うのだろうか。

（けれど、さっきは身体に魔力が増えた感覚はなかったわ……むしろ、突然のことで反発するような感じで……）

フランツの診察《しんさつ》結果を聞き、ナタリーは先ほどのことを思い出す。そういえば身体に違和感を覚えた際に、無意識に魔力を練ろうとしていたような気がする。フランツの言う拒絶反応の原因は、もしかしたら「無力化の魔法」によるものかもしれない。しかしそうと断定するための医療《いりょう》知識がなく、ナタリーは「うーん」と考え込んでしまう。そんなナタリーの様子を見たフランツは、ナタリーに優しく声をかけてきた。

「ナタリー嬢、無理は禁物じゃよ。今は自身の身体を一番に考えるんじゃ」

「フランツが言う通り――君は、まず……ゆっくりと身体を休めることが重要だ。初めてのことで疲《つか》れもたまったことだろう……君が苦しむ中、何もできない俺は本当に不甲斐《ふがい》ないな……すまない」

「ユリウス様は、不甲斐なくなんてありませんわ……！　もとを言えば私が始めたことですし……ユリウス様は、お身体に不調はありませんか？」

そう声をかければ、ユリウス様は身体の異状がどこにもないことを確認《かくにん》し――「きっと魔力を受け取る方が、負荷が大きいのだろう」と返事をした。その言葉を聞いてナタリーは以前戦争で、ユリウスが大きな怪我《けが》を負った際のことを思い出した。ナタリーが魔法をかけて治したことをきっかけにユリウスは長い期間、眠《ねむ》っていたのだ。ということは今回のことも同様に慣れないことが、影響《えいきょう》しているのだろうか。

（魔力暴走の際は、私の魔力をユリウス様に注いでも眠り続けることは無かったから……けれど、この熱に慣れる……？）

ナタリーの脳内では、フランツが教えてくれた方法に関して様々な考えが巡《めぐ》るものの微熱の影響もあり、思考はぐらついてしまう。ユリウスが言うように、今は休息をとり――

難しい方法にしがみつくよりも、他《ほか》の解決策を探《さぐ》っていくことが一番有効なのかもしれないと、ひとまず考えを整理した。

そしてユリウスから「本日は解散としよう――フランツ、今日は来てくれて感謝する」という言葉が出たのをきっかけに、今日はお開きとなったのだ。フランツと別れの挨拶《あいさつ》を済ませてから、ユリウスはナタリーを部屋まで送ると言って、自然な動作でナタリーを抱《だ》きかかえようとしてきた。

「わ、私……歩けますわ……！」

「いや、先ほどもふらついていたから危険だ」

「で、でも……」

「俺が君のためにしたいんだ……ダメだろうか……？」

ナタリーがユリウスを制止しようと声をかければ、ユリウスは夜会の時のように子犬のような表情となっており、ナタリーはそれ以上強く言えなくなってしまう。気恥《きは》ずかしさや申し訳なさよりも結果的には彼への感謝が上回り……ナタリーは頷《うなず》き、了承《りょうしょう》するのであった。

フランツが処方してくれた薬のおかげで、熱の症状《しょうじょう》は数日のうちに快癒《かいゆ》して——その後もナタリーはたくさんの休養をとった。というのも、ナタリーの体調を案じ、欲しい物や食事をすぐに用意してくれるほどの——ユリウスから手厚い看病が行われたため、ナタリーの身体《からだ》はもう十分すぎるほど元気を取り戻《もど》した。むしろベッドで休んでいる間は、フランツが言った「ナタリーの魔力が増えた気配」について悶々《もんもん》と考え込む始末で、気もそぞろになってしまっていたのであった。

（少しでも、こうして資料を読みたかったのだけど……）

今、ナタリーがいるのはファングレー家の図書室だった。セントシュバルツでも歴史ある公爵家《こうしやく》として、多くの蔵書や資料がこの図書室に収められていたのだ。見渡《みわた》すばかり、本、本、本——で埋《う》め尽《つ》くされているこの空間で、魔力が増えた現象についての書物を探しているものの……なかなか目当てのものは見つからない。

気が付けばこうしてゆっくりと調べ物を始めてからすでに数日という時が経《た》とうとしていた。建国祭まであと数週間となり、不安が募《つの》っていく。ただそんな中でも良かったことは、クロードからの目に見えた邪魔《じゃま》はなく……加えてナタリーの体調が良すぎるということだろうか。

「ナタリー様、朝から調べ物を始めて数時間経ちますが……お身体は大丈夫《だいじょうぶ》でしょうか？」

「気にかけてくれてありがとう。私は大丈夫よ」

ナタリーの身の回りのお世話をするファングレー家の使用人たちが、心配して声をかけてきてくれた。本日、ユリウスは執務室《しつむ》で図書室以外の資料を探してみるということで、図書室を利用しているのはナタリーだけだった。書物にかじりつかんばかりの勢いで、ずっと読み続けていたため、使用人たちは心配してくれたのだろう。

しかしナタリーの身体は本当に疲れてはおらず——どちらかというと、身体にエネルギーがみなぎるような活力が湧《わ》いていたのだ。もちろんユリウスのためと想《おも》う気持ちが前のめりになっているというのもあるのだろうが、それにしてもペティグリュー家にいた時よりも身体が軽い。

（けれどフランツ様が言った方法は失敗だと言われていたのだから……やはりおかしいわよね）

熱で意識が朦朧《もうろう》としてしまった時のことを思い出す。あの時はとてもではないが自分の身体に良い作用が起こったようには思えなかった。熱を感じたあの感覚は、ユリウスが魔《ま》力《りょく》暴走を起こしかけていた時にナタリーが魔力を注ごうとした際にあった感覚に似ていた。思い出してみれば、ユリウスを治そうともがいたあの時——ナタリーも最初からうまくはいかなかった。チクチクとした魔力の反発を乗り越《こ》えた先で、ようやっとうまくいったのだ。

（やっぱり、熱や痛みを耐《た》えてこそ――成功するのかしら……）

本を手にしつつ、ナタリーはうーんと唸《うな》りながら考える。ふと、熱の感覚を思い出した際に、フランツが訪れる前のことが頭によぎった。

（そういえば――ユリウス様と馬車に乗っている時も、温かい感覚があったわ）

ナタリーがファングレー邸《てい》へ到着《とうちゃく》した際に、うまく降りることができなくなった時のことだ。あの時は、ユリウスに手をぎゅっと握《にぎ》ってもらったおかげで勇気づけられて――ファングレー邸へと足を踏《ふ》み入れることができたのだが……。その時、確かに手から伝ってくるようなぽかぽかとした温かさを感じていた。

（けれど、この感覚はあくまで精神的なもののように思うのだけれども……）

文献《ぶんけん》にも載《の》っていない現象にナタリーが調べ物をしつつ、頭を悩《なや》ませていると……慣れ親しんだ声で「ナタリー」と呼ばれたことに気が付く。声の方向へ視線を向けると、ナタリーのもとへゆっくりと歩いてくるユリウスの姿が目に入った。

「ユリウス様……！」

「突然《とつぜん》、声をかけてすまない。大丈夫だったたか？」

「ええ、問題ございませんわ……！」

ナタリーの側《そば》までやってきたユリウスは、声をかけたのちすごくバツが悪そうな表情をしていた。なんだか難しいことを考えているような様子で、言葉にするのを少しためらっているのも窺《うかが》える。どうしたのだろうと、心配になったナタリーがユリウスをじっと見つめていれば、意を決したようにユリウスが口を開いた。

「……クロード殿下《でんか》から連絡《れんらく》が来た」

「っ!」

「どうやら……君にセントシュバルツ流の歓待《かんたい》をしたいという内容だった」

「それはつまり、夜会で話していた——あの?」

「ああ、俺と君をセントシュバルツ城へ招待する旨《むね》が書かれていた」

ユリウスが言うには、ナタリーが熱で臥《ふ》せっていた時にも手紙が届いていたようで、内容は「ナタリーにセントシュバルツの良さを伝えたい」とのことだったのだが——ユリウスは、ナタリーの体調が芳《かんば》しくないことを理由に断っていたらしい。

王族にウソをついたら、あとあと遺恨《いこん》が残ってしまうため、ユリウスはナタリーが病だということを正直に記載《きさい》したのだろう。その結果、クロードは一旦《いったん》引き下がったものの、ナタリーの回復を確認《かくにん》する手紙が何度もやってきて「セントシュバルツに留《とど》まる客人・ナタリーの体調が回復した暁《あかつき》には、ぜひ顔を見せてほしい」旨が記載されていたとのことだった。

どこで知ったのか、ナタリーの体調が回復したことを嗅ぎつけたらしく、先ほどまた新しい手紙が届いたという。

「急な誘いを受けた——本日、来いなどと……」

「！　それは、急ですね……」

「嫌《いや》であれば、断っても構わない——何も、臆《おく》することなどないのだから」

ナタリーはユリウスの言葉を聞いて驚《おどろ》きを隠《かく》せなくなる。クロードの急すぎる誘いもそうだが、それ以上にもし誘いを断ったらクロードはいったい何をするか……という不安が胸を占《し》める。王族の誘いを正当な理由なく断るのは不敬にあたる。

相手側の日程は、確かに性急さを感じるが——今はまだ昼前だ。無理な時間帯ではない。今から出発すれば間に合うため、こうしてユリウスはナタリーに声をかけたのだろう。

（なんだか、考える時間を取らせないような手紙に感じるわ。けれど、断ったらユリウス様の不利になってしまう——そんなのは、嫌だわ）

ユリウスはナタリーに断ってもいいと選択肢《せんたくし》をくれた。彼の気遣いに優《やさ》しさを感じつつも、この手紙の意図がうっすらと感じ取れたナタリーとしては——。

「ユリウス様。私、行きますわ」

「いいのか……？　もし無理をしているのなら……」

「お気遣《きづか》いありがとうございます。でも、無理はしておりませんわ……！　自分の意思で、そう結論を出しましたの」

それに、接触しなければクロードの本当の思惑を探ることも、ユリウスを巻き込まないよう説得することだってできないのだ。

ユリウスがナタリーと共に歩くために尽力《じんりょく》するように、ナタリーもまた彼のためにことを成したい。揺《ゆ》るぎない決意を込めてユリウスを見つめると――彼はその視線に一瞬《いっしゅん》ハッとした様子になってから、「ありがとう」とナタリーを見て優しく目を細めた。

「分かった。それならば、ともに向かおう」

ユリウスと共に、馬車に乗ってファングレー家から走ること数刻。草木が生《お》い茂《しげ》る道を抜《ぬ》ければ――荘厳《そうごん》な城が馬車の窓から見えた。そしてセントシュバルツ城に着いたのちに、ユリウスはナタリーに目を向けると「足元に気を付けてくれ」と手を差し伸《の》べて、エスコートをしてくれた。ユリウスに案内されるまま、城内へ入ろうとした時。

「マルクもどうやら、ここに来ているようだな」

「マルク様が……？」

「ああ、マルクは城が苦手であまり来ないんだが――珍《めずら》しいな」

ナタリーの疑問に先んじて答えるように、ユリウスが言葉を紡《つむ》いだ。ユリウスの視線の先には厩《うまや》があり、ナタリーも見覚えのある――マルクの馬がそこにいた。

夜会ではマルクに会うことはなかったため――「漆黒《しっこく》の騎士《きし》団の団長になった」と言わ

れている最近の彼を知らない。もし、自分の知るマルクと違《ちが》っていたら――そんなナタリーの不安を感じ取ったのか、ユリウスはゆっくりと落ち着いた様子で口を開いた。

「マルクは……王族というよりも、信頼《しんらい》できる騎士だと俺は思っている。たまに口がすぎるがな。……だから心配しなくても大丈夫だ」

「ユリウス様……」

ユリウスの言葉を聞いて、ナタリーは大きく目を見開いた。マルクからは、魔力暴走の件の際にユリウスのことを信頼していると聞いたことがあったが――ユリウス自身もマルクに対して同じように思っていることを知り、ナタリーの顔には自然と笑《え》みが浮《う》かんでいた。そしてユリウスは、気恥《きは》ずかしさを誤魔化すように咳《せき》ばらいをしてから「さて、殿下のもとへ向かおうか」とクロードが待つ謁見の間へと向かった。ユリウスの案内のもとセントシュバルツ城の謁見の間へ着けば、ユリウスとナタリーに声がかかった。

「誘いに応じてくれて、嬉《うれ》しく思う――ユリウス、そしてナタリー殿《どの》。こちらへ、来てくれないか？」

声の主は、夜会ぶりに見たクロードだった。涼《すず》しげな声に従うように、ナタリーとユリウスはクロードのもとへと足を向けて、玉座の下で挨拶《あいさつ》をしようとすれば――クロードから「跪《ひざまず》かなくていい」と声がかかった。そのこともあり、姿勢を正したまま視線をクロードへ向ければ、玉座に座る彼の側には側近と思わしき人物と王城の騎士らしき者たちが四名ほど控《ひか》えているのが分かった。そして改めて、ユリウスがクロードに挨拶する。

「この度《たび》は、お気遣いいただき——お誘いくださり、誠《まこと》にありがとうございます。殿下《でんか》」

「ふっ、堅《かた》くるしくせずとも構わないと言ったが——お前がそうしたいのなら止めはしない。どうにも今日しか時間がとれそうになくてな。急だったのに、来てくれて感謝する」

「こちらこそお招きいただき、感謝申し上げます——殿下」

「ユリウスからは、体調が回復したと伺《うかが》ったが——慣れない国で体調を崩《くず》してしまったのだろう？」

「ご心配をおかけしてしまいまして……誠に申し訳ございません。しかしながら、ユリウス様のおかげでこうして回復いたしましたわ」

「そうか。ユリウスの働きが実ったのなら——俺としても嬉しい。君は、セントシュバルツの功労者なのだからな」

「い、いえ……」

「夜会ぶりとはいえ、今日も素敵《すてき》だな。——呼び出してしまった手前申し訳ないが、ナタリーと呼んでもいいだろうか？　君と仲良くできれば、フリックシュタインとの同盟にも良き作用が生まれそうだ」

「は……い」

まるで獲物《えもの》を捕《と》らえるように、クロードはじっと見つめてくる。そして、そんなクロードにナタリーは冷や汗《あせ》が止まらなかった。加えて、彼の物言いにはナタリーの否定を封《ふう》じ込めるような威圧感《いあっかん》がある。「仲良く」という言葉も、言葉通りの意味ではなく——笑顔の裏ではフリックシュタインとの戦争を思い描いているのかもしれない……そう頭に考えがよぎったものの、ナタリーはすぐに今に意識を集中する。

（まだ相手の手の内が見えてないのだから、疑いを持ち過ぎたらきりがないわ……それにしても、マルク様はこの場にはいないようね）

ナタリーが愛想笑《あいそわら》いを浮かべクロードと言葉を交《か》わしたのち——クロードは場を仕切るように口を開いた。

「手紙にも書いたが、今日はナタリーにぜひ我が国の良さを知ってもらえたらと思っている。あの時は夜会だけで、君を案内することができなかったからな」

「あ、ありがとうございます」

「そしてもちろん、ユリウスにも——我が国の良さを知ってもらいたいのだがな？」

「お心遣《こころづか》い、感謝します……」

「ふ……全く感情が見えないが——まあ、いい。二人を案内する準備をせよ」

「は、はいぃぃ！」

クロードが玉座から立ち上がり、側《そば》にいた側近に呼びかけると——見るからに慌《あわ》てた様子で使用人たちに声をかけているのが分かった。側近はクロードよりも年上なようで、おそらくこの国の中枢《ちゅうすう》を担《にな》う参謀《さんぼう》のようなポジションなのだろう。ただ、クロードの指示に振《ふ》り回されているのか、目の下にクマがくっきりと刻まれていた。

苦労している雰囲気を漂《ただよ》わせる側近が先陣《せんじん》をきって動く中、クロードはナタリーとユリウスの方へ近寄り、「まずは、礼拝堂からだ」と告げた。

城の廊下《ろうか》を歩き、庭園を過ぎたところに大きな木造の教会が見えてきた。すると側に控えているクロードの側近が、おもむろに口を開き、説明をする。

「え、えっと——ここは、セントシュバルツが最も重きを置く——戦勝を呼び込む神を称《たた》えた礼拝堂となっております」

側近の説明を聞きながら、中へと足を踏《ふ》み入れれば——長年の歴史を感じさせるシックな造りとなっており、壁《かべ》一面にカラフルで豪華《ごうか》なステンドグラスがはめ込まれていた。そしてステンドグラスには、神の前で戦勝を祝う人々の意匠《いしょう》が施《ほどこ》されており、セントシュバルツの国柄《くにがら》が遺憾《いかん》なく発揮されているように感じた。

「中央にあるのが、神をモチーフにした像になっておりまして……戦《いくさ》の前には、多くの騎士たちが礼拝しにやってきます」

「そうなのですね……！」

クロードの側近に促《うなが》されて、ナタリーは礼拝堂に飾《かざ》られている大きな像に視線をやる。

すると勇ましい姿の男神が剣《けん》を天に掲《かか》げるように鎮座《ちんざ》していた。そしてその像は、黒曜石でできているのか真っ黒ないで立ちで、迫力《はくりょく》がありありと表現されていた。

「ファングレー家はこの神の祝福を受けているとも、よく言われている」

「祝福ですか……？」

「ああ、誰《だれ》よりも強い力を有しているファングレー家の理由付けが欲しかっただけのようだが――まあ、鎧《よろい》の色と言い、意外とあやかっているようだからな？」

「……先祖が、誉《ほま》れがあると――鎧の色をそう決めたのだと聞いたことがあります」

「ふ、そうか。だが、ナタリー。この像の芸術性だけでなく――像が持つ、剣の鍔《つば》をよく見てほしい」

「鍔、ですか？」

「ああ、輝《かがや》いている石が見えるだろう？」

クロードに言われた通りに、ナタリーが視線を向ければそこには白く輝く宝石のような石が剣の鍔にはめ込まれていた。綺麗《きれい》な装飾《そうしょく》だなとナタリーが感じている中、クロードが「あれは、魔法《まほう》石という」と話した。その言葉を聞き、ナタリーは記憶《きおく》を手繰《たぐ》り寄せるように思い出す。確か「魔導具のエネルギーとなる石」であったはずだ。

「セントシュバルツはこの魔法石の産出量が、世界一だ。セントシュバルツが保有する鉱山からよく取れる産物でな。フリックシュタインにも輸出をしている」

「名産品ということでしょうか……？」

「ああ、そうだ。我が国は魔法を使用できる者が少ないからな――こうして、武器もしくは魔導具に石をはめ込むことで、魔法が使用できない者でも戦力を大きくする工夫《くふう》に力をいれているのだ」

「まぁ……！」

「それとフリックシュタインの協力によって、便利な魔導具の開発にも力を入れているな。人の手で魔導具に魔力を一個ずつ注いでいくのは、生産性が悪く非効率だから――それを補う産物としてはこれほどいいものはないだろう」

クロードの説明を聞いて、ナタリーはこの石の便利さに感嘆《かんたん》の声を漏《も》らしていた。加えて、フリックシュタインとの同盟によってこうした名産品を活用している事実にも気が付き、諍《いさか》いゆえに素敵な開発を止めてしまうのはもったいないように感じた。これからも同盟国として、互《たが》いの成長に繋《つな》がれば……。

「こうした魔法石は、魔法が使える者が少ない我が国では必要不可欠なものだ。だが、開発においては魔法の知識が必要なため基本的にフリックシュタイン側で行うばかりで、少し歯がゆいのがネックだな」

「っ！」

「魔法の技術面ではまだ劣《おと》っているが――もしそうした人材が一気に獲得《かくとく》できればとそう思わずにはいられないいな……」

「ク、クロード殿下……っ！」

「なんだ？　ただ将来的な希望を言っただけだろう？」

側近がクロードを止めるように慌てて話を遮《さえぎ》ってくる。その様子にクロードは不敵な笑みを浮《う》かべるばかりで、ナタリーは無意識のうちに恐怖《きょうふ》を感じていた。つまりクロードは、フリックシュタインと協力するよりも、フリックシュタインを占領《せんりょう》したほうが得だと感じているにほかならなかったからだ。彼の中では戦争を視野に入れていることがまざまざと感じられ、ナタリーは苦々しい想《おも》いを抱《いだ》いた。そうしたナタリーの心情を知らないクロードは明るく、そして追い詰《つ》めるように言葉を紡《つむ》いだ。

「もしナタリーが……セントシュバルツへ来る気があるのなら、癒《いや》しの魔法が使用できる魔導具開発に力を入れてほしい」

「そ、それは……」

「もちろん、医師という存在はいるが——手っ取り早く、魔法で怪我《けが》が治るのならば、多くの者が助かると思わないか？」

「……」

クロードの問いかけにナタリーは、すぐに肯定《こうてい》を返すことはできなかった。癒しの魔法を使用した魔導具が民《たみ》たちのためだけではなく、「戦争の道具」として使われる未来が頭をよぎってしまったからかもしれない。兵たちが傷つくごとに使用して、戦力を削《けず》らずして戦いを行うことができる未来。そんな予想が頭から離《はな》れなかった。ナタリーが返事に窮《きゅう》していると、ユリウスがナタリーを庇《かば》うように一歩前へ出て。

「殿下、先日も申し上げましたが、性急に話を進めすぎておられます。ナタリーを困らせないでください」

「ふっ、それはすまなかった。ナタリーにとっていい話だと思って──な。だが、そうだな……もう礼拝堂の紹介《しょうかい》も終えたことだし、次の場所へ向かうか」

ユリウスの言葉によって、クロードの意識は次に案内する場所へ変わった。そして彼が側近とともに先を歩き始める中、ユリウスはナタリーの方へ近寄り、気づかわしげに「大丈夫《だいじょうぶ》か？」と尋《たず》ねてきた。ユリウスが自分のためにクロードの意識を逸《そ》らしてくれたのだと気が付き──自分は一人ではないのだと、ナタリーは安心感を覚えた。そしてユリウスを心配させたままではよくないと思い、「はい」と返事をした。

（たとえ、恐怖があろうとも──怯《おび》えるだけではいけないわ……！）

自分に活を入れるように、自身の手をぎゅっとナタリーは握《にぎ》りしめた。そんなナタリーの様子をユリウスは見守り、隣《となり》で寄り添《そ》って歩いてくれるのであった。

クロードは他《ほか》の部屋も案内しながら、絵画などの文化の発展ぶりや設備の整った魔導具の研究施設《しせつ》についてなど、セントシュバルツがいかに魅力《みりょく》的か、多岐《たき》にわたって紹介してくれた。そして、最後に向かったのは王城の敷地内にある訓練場のような空間だった。

そこには騎士《きし》のための訓練器具——人を模した木材や弓矢の的、そして武具が丁寧《ていねい》に並べられていた。クロードは「ここがユリウスと俺が幼き頃《ころ》に——騎士としての訓練を受けた学び舎《や》だ」と紹介してくれた。クロード曰《いわ》く、この場所は騎士を目指す貴族たちなら誰しもが通う場所とのこと。ユリウスにとって思い出深い場所なのだと感じ、ナタリーはしげしげと周りを見た。そんな中、クロードは——。

「休みで身体《からだ》を動かせていないわが朋友《ほうゆう》のことを想って、模擬《もぎ》試合でもしようと——今日はこの場を借りたんだ」

そう言葉を紡いだ後、立てかけられている木製の剣を手に持ったかと思えば、ユリウスに一本差し出してくる。その様子に、ユリウスは一瞬《いっしゅん》思案する素振《そぶ》りを見せたものの——特に嫌《いや》がらず、クロードから剣を受け取って口を開いた。

「……ありがとうございます」

「ここまで感情が込められていない感謝は初めてだな……ふっ、まあいい。ナタリーは怪我をしないように、離れた所で見てくれ」

「は、はい……！」

彼が言った「身体を動かすため」というのは、文字通りユリウスを思いやる言葉なのだろうか。今に至るまで、彼から不穏《ふおん》なことを言われはしたものの、脅迫《きょうはく》めいたものはない。ここに到着《とうちゃく》するまで、緊張《きんちょう》しっぱなしだったのだが、取り越《こ》し苦労だったのかもしれない。謁見の間で話していた通り「セントシュバルツの魅力を紹介する」ことだけが目的で――。

（……いえ、そう簡単に事態を呑《の》み込んで本当にいいのかしら）

なぜだか胸騒《むなさわ》ぎが収まらないまま、クロードに言われたこともあり――離れた所でユリウスとクロードの模擬試合を見守ることとなった。訓練場の中央では、ユリウスとクロードが対峙《たいじ》し、審判《しんぱん》のような形で側近が二人に声をかけていた。そして試合をする二人を囲むように訓練場の周りに騎士たちが、持ち場として待機しているようだった。おそらく、クロードに何かあった際にすぐに駆《か》けつけるためだろう。

「久しぶりに、お前と手合わせすることになるな」

「……そうですね」

「漆黒《しっこく》の騎士《きし》殿《どの》にこう言うのは、気が引けるが――俺はお前より年上でもあるから、先手を譲《ゆず》ろう」

「……感謝いたします。殿下《でんか》」

ナタリーの視界の中で、クロードから先手を譲られたユリウスが剣《けん》を構える。そして素《す》早《ばや》く大きく踏《ふ》み込み、クロードへ一太刀《ひとたち》を浴びせようとしたのを合図に試合は開始した。クロードも即座《そくざ》に、ユリウスの剣撃に合わせて剣を振《ふ》るい自身の身体をうまく衝撃《しょうげき》から護《まも》っていた。セントシュバルツは魔法よりも戦《いくさ》――特に剣の技術が随一《ずいいち》と聞く。

その剣技の腕前《うでまえ》は、王家のクロードにも当てはまるのだと、この試合を見てナタリーはひしひしと感じ取った。ユリウスが攻撃《こうげき》を仕掛《しか》け、クロードが追随《ついずい》するように攻撃を返していく中で、ナタリーはあることに気が付く。ユリウスとの試合の中で、クロードが本当に楽しそうに笑《え》みを浮かべていたのだ。そして攻撃を防いでいたユリウスに、クロードは「久しぶりの手合わせは楽しすぎて、やめるなんて――できないよな？」とニヤリと笑っている様子が目に入る。

「これ以上は……殿下が怪我をされますよ」

「ふん、気にしなくてよい」

クロードが笑みを浮かべてから、彼の猛攻《もうこう》は熾烈《しれつ》を極《きわ》めていく。対してユリウスもその猛攻を鮮《あざ》やかに躱《かわ》し、鋭《するど》い追撃《ついげき》を見せていた。そんな二人の試合を見守っていると、ナタリーまで手に汗《あせ》を握ってしまう始末で……。訓練場内にいる誰《だれ》しもが、この試合に目が釘《くぎ》付《づ》けになってしまっていた。そんな中――。

――バキッ……。

ふと試合ではなく、妙《みょう》な音がナタリーの頭上から響《ひび》いた。ナタリーが、思わず音の発生場所に目を向けると――訓練場の屋根を支える梁《はり》の一部が破損し……大きな木材が落下してくる様子が分かったのだ。それを認識した頃には、すでに木材がナタリーの方へ迫《せま》っているタイミングで。

の瞬間。
頭を守ろうと手で頭を抱《かか》えると同時に、ナタリーは温《ぬく》もりに包まれる感覚を覚えた――そ
ユリウスの鋭い声が響く。逃《に》げようにも、木材が落ちてくるスピードは速い。どうにか
「……っ」
「ナタリー！」

――グシャッ。


「……くっ」

「ユ、ユリウス様……!?」

「おいっ！　早く、医師を呼べ！」

違和感《いわかん》に気づいたナタリーがそこへ視線を向ければ、あまりの状況《じょうきょう》に驚《おどろ》きと焦《あせ》りが隠《かく》せなくなった。ナタリーが木材の衝撃を受ける前に、ユリウスがナタリーを庇うように抱《だ》きしめてくれたおかげでナタリーは無事だったのだが――ユリウスが大きな木材の下敷《したじ》きになってしまったのだ。おそらくとっさに身体強化の魔法を使って駆けつけてくれたのだろう。大きな衝撃を身体に受けたユリウスは苦しそうに呻《うめ》いている。なんとか意識はあるものの、酷《ひど》い打撲《だぼく》だけでなく出血もしている。もしかしたら、臓器にも損傷が――嫌な想像にナタリーは無我夢中でユリウスの身体に手を伸《の》ばす。

（急いで、ユリウス様を……っ）

けれど、癒しの魔法《まほう》は発動せず、今の自分には魔法が使えないことを思い出す。歯がゆさに唇を噛んだ時――クロードから声をかけられハッとした。

「ナタリー、君が魔法を使うことはない……君はまだ病《や》み上がりなのだろう?」

「で、ですが……」

「これは俺の落ち度だ。それに、医師はすでに待機している」

「え……?」

クロードはナタリーを制止するように言葉を紡《つむ》ぎ、苦しそうなユリウスの様子――そして落下してきた木材を鋭く見つめていた。

「殿下、医師たちが到着しました」

「……っ!?」

「そうか、それでは迅速《じんそく》にユリウスの方へ」

「はっ」

ナタリーはクロードの側に控《ひか》える騎士の言葉を聞いて驚く。先ほどクロードが待機させていると言ったのは本当だったのか――しかしだとしたら、どうして医師を近場に待機させていたのか。怪我《けが》を最初から予見していたとでもいうのか――とそんな疑念がふと頭に浮《う》かんだ後、クロードがナタリーに声をかけてきた。

「ユリウスは、治療《ちりょう》のためしばらく……城の医務室に行くことになるだろう――すぐに終わると思うが、時間が空いてしまうな……。ナタリー、俺と話しながらユリウスの治療を待つのはどうだ？」

「っ！」

クロードの発言に、ナタリーの背中に嫌な汗が流れた。そしてクロード越《ご》しに見えるユリウスが、セントシュバルツ城の医師たちに囲まれながらもナタリーを案じるような視線を向けてくる。

（もし、ここで殿下の誘《さそ》いを断って、無理にでもすぐにユリウス様を連れて帰ろうとすれば……）

手紙の一件と同様に王族からの厚意を無下に断ったといった噂《うわさ》が流れ、ユリウスの立場がより不利になってしまうかもしれない。それに、ユリウスの様子を見るに酷い怪我だ。ナタリーの魔法が使えない以上、ここは王城の医師たちに診《み》てもらった方が間違《まちが》いない。

もしかしたらクロードの策略の可能性が十二分にあることを承知の上で、ナタリーは少し返事に窮《きゅう》して……ユリウスに「大丈夫《だいじょうぶ》です」と意思を伝えるように、真っすぐと視線を向けてからクロードに向き直る。

「お時間をくださいまして、誠《まこと》にありがとうございます――ユリウス様の帰りを待つ間にはなりますが、ぜひお話しできましたら嬉《うれ》しいですわ」

「ほう、そうか。俺も嬉しく思う――では、ユリウスは医師たちによく診てもらえ」

「……」

クロードからの言葉を皮切りに、ユリウスは王城の医師たちに連れていかれる。ユリウスの心配そうな瞳《ひとみ》が見え、クロードに気づかれないように彼を安心させるため頷《うなず》きを返した。どうか少しでも早く治療が終わって、ユリウスと合流できるようにと祈《いの》っていれば、クロードが声をあげた。

「ここは建て付けが悪いようだから、外へ行こうか。話がしやすいように……あちらの席を用意した」

「は、はい……」

クロードが指さす先は、訓練場の外で──そこには、いつの間にかテーブルと椅子《いす》が用意されていた。はじめに到着《とうちゃく》した際には気が付かなかったが、クロードは用意周到《よういしゅうとう》に今回のことを計画した可能性があるのだと改めて実感した。訓練場内からユリウスが見えなくなり、側近の案内のもと──クロードに言われるがまま席につけば、使用人たちがティーカップなどを慣れた手つきで準備していた。

「まさかこんなことになるとは……ナタリーのような可憐《かれん》な令嬢《れいじょう》には、刺激《しげき》が強すぎたな」

「いえ……お気遣《きづか》いありがとうございます」

ナタリーはクロードに感謝を述べるものの、本当のところはわざと怪我をさせようとしたのではないかとクロードに詰《つ》め寄りたい気持ちでいっぱいだった。しかしもし、ここでナタリーが反抗的《はんこう》な態度をとることで、こちらが不利になってしまうようなら……とぐっと眉《まゆ》に力を入れて、耐《た》え忍《しの》ぶことにしたのだ。

「ほう……？　確かフリックシュタインには武闘祭《ぶとう》があるんだったな……だから、すでに見慣れていたのだろうか？　いずれにしても、こうした闘《たたか》いに理解が得られて嬉しく思う」

「……」

クロードがどんな意図でこうした言葉を投げかけてくるのか、真意は見えないままだが──あまり不用意な発言をしないように、ナタリーは慎重《しんちょう》を期する。そんなナタリーに何を思ったのかクロードは「クッ」と声を漏《も》らして、笑《え》みを浮かべたのち言葉を紡いだ。

「取って食われそうなのに、必死に抵抗《ていこう》するうさぎのような瞳だな」

「なっ……！」

「ああ、失言をしてしまってすまない──だが、俺としてはほめ言葉として言ったつもりだったんだ。そういった愛らしさがあるのだと」

「……そう、ですか」

「ふっ。どうにか表面上は隠そうと努力をする、か──まぁ、いいだろう。まず、ユリウスの怪我に関して……屋根の建て付けが悪くなっていたのは、俺の意図したことではなかった」

「……え？」

「確かに、今日の模擬試合に向け、事前に医師を手配していたのは事実だ。しかし、それは試合が白熱し、あいつが本気を出したら俺が怪我をすると思ったからだ。そして俺が怪我をした時に――あいつは王族との関係悪化よりも、対話を選ぶと思い……この席まで用意していたんだが」

「……だが？」

「思わぬ事態が起きた。たまたま、医師を呼んでいたから良かったものの――良くないことになったのは事実だ。すまない」

クロードの話が真実かどうかは分からないが、改めて謝る彼の姿にこれ以上追及《ついきゅう》する気持ちは無くなっていく。そして、クロードはナタリーやユリウスを痛めつけたかったわけではないのだと思い――ナタリーは少し落ち着きを取り戻《もど》していく。

「い、いえ……むしろ話してくださりありがとうございます」

「ふっ……緊張《きんちょう》はほぐれたようだな――少しは警戒《けいかい》を解いてくれただろうか？」

「っ！」

「君は、セントシュバルツが抱えていたファングレーの魔力暴走という国難を救ってくれた――いわば恩人だ。ゆえにそう、硬《かた》くなる必要はない」

クロードにそう問われ、ナタリーはギクッとする。まさか自分がそんなにわかりやすく顔に出していたのかと、焦りが大きくなっていく。そんなナタリーの様子を見たクロードは、「ク、ククッ」と耐えきれなくなったように笑い声を響《ひび》かせていた。そして、ナタリーに「笑ってしまってすまない——君は真っすぐな人のようだな……」と声をかけてきた。

「そうした君の素直さに、ユリウスは惹《ひ》かれたのだろうか……？」

「そ、それは」

「まあ、どちらでも構わない。ただこうして話がしたかったのは、君の言葉ならあいつにも響くと思って相談をしたかったのだ」

「相談ですか……？」

「ああ、漆黒《しっこく》の騎士《きし》団はよく戦果をあげてくれている。だからこそ、彼らの褒美《ほうび》をもっと高めるべきだと常々、思っていたんだ。そのためにも、ユリウスと漆黒の騎士団に、新たな地位が必要だと思っているのだ」

クロードの相談というのは、以前ユリウスが教えてくれた、メイランドに王宮騎士となったユリウス率いる軍部を据《す》えたいという話についてだった。いわく「漆黒の騎士団」は元々フリックシュタインとの同盟のもとに創設された騎士団ゆえに、まずはユリウスを王宮騎士に任ずることでメイランドに送り込めるようにしたいこと。そして、その上で地位の上がったユリウスの元に新しい騎士団として名前を変えて現在の漆黒の騎士団を配置したいという。ユリウスに王族と騎士団の結びつきを強くする架《か》け橋になってほしいのだ、とクロードは言うが、ユリウスを含む新しい騎士団は実質クロードの配下となるのだろう。

「適材適所という言葉があるだろう？　俺は、ユリウスは向かうべき駒《こま》だと思っている」

「……向かうべき、駒？」

「そうだ。この考えに納得《なっとく》してもらうために——マルクをわざわざ騎士団長へ変更《へんこう》し、休みを与《あた》えた」

「しかし、ユリウス様は納得されていらっしゃらない——そうですよね？」

「ああ、だから——君と〝取り引き〟ができれば……と思っているんだ」

「取り、引き……？」

「君は、フリックシュタインの伯爵《はくしゃく》令嬢であり——かなり辺境の地に屋敷《やしき》があるのだろう？　メイランドの侵攻《しんこう》に際しては——辺境であるがゆえに支援《しえん》軍が来るのも遅《おく》れ、軍事力に苦心したと聞いている」

「そ、れは……」

「ゆえにユリウスを説得してくれると言うのなら……ペティグリュー領へ、我が国の魔法《まほう》石と共にフリックシュタインが開発した遠隔狙《えんかくそ》撃《げき》器を二千基配備しよう。さすれば、敵はペティグリュー領へ近寄れまい——君の家族は安全を手にすることができるだろうな」

クロードの話を聞いて、ナタリーは開いた口が塞《ふさ》がらなかった。というのも、彼の話を要約するに——ユリウスが大人しくなるようにナタリーに協力を仰《あお》ぐということだ。しかもペティグリュー領の戦力の少なさも把握《はあく》済みで、こうした取り引きを持ち掛《か》けて、報酬《ほうしゅう》をちらつかせてきているのだ。

(確かにペティグリュー領に迎撃《げいげき》の力があれば——今後の戦争の大きな備えになるのは間《ま》違《ちが》いないわ……けれど)

ナタリーとしては、戦争を起こさせないのが目的であって——戦争ありきのクロードの話に素直《すなお》に頷《うなず》くことはできなかった。また、うまい話をちらつかせる割りには——ユリウスに対して「駒」という言葉を使ったところから、クロードがユリウスやナタリーに対してどのように思っているのかが透《す》けて見えた。

(人じゃなくて、まるでモノのように見ているのね……)

そのように内容を理解したナタリーは、このまま無言でいると肯定の意に捉《とら》えられてしまうと思い、ゆっくりと口を開いた。

「お言葉ですが……私は、多くの武器よりも——歩み寄れる多様な意思の方が重要と思っております」

「ほう？　つまり自分を守る力よりも——各人の意思を尊重することが大事だということを……君は言っているのか？」

「はい。争いをなくすことに尽力《じんりょく》すべきだと、私は思います」

ナタリーが言葉を紡《つむ》いだのをきっかけに、場が冷え切った雰囲気《ふんいき》になった気がした。しかしもし、ここで何も言わずじまいであればクロードの提案を持って帰ることになり――考える余地があると思わせてしまうことになる。まだ今であれば、ナタリーの意思であり、ユリウスは不介入《ふかいにゅう》の中なのだ。自分に活を入れるように、手にきゅっと力を入れていれば、クロードが口を開いた。

「君の言葉は美しいだけの綺麗《きれい》ごとだな」

「……」

「力がある者にこそ、人は従い導かれていく――だからこそ、この世界はこうも秩序《ちつじょ》が保たれ、平和に豊かになっていく……そうは思わないか？」

「……確かにそういった面はあると、私も思います。けれど、人は万能《ばんのう》ではありません。力がある者が間違えてしまうことも……あるでしょう」

「ほう？」

「人は相互《そうご》に補い合い――より高みへ目指していくのではないのでしょうか？　王様にも補佐《ほさ》をする臣下がおり、意見を言うように……」

「――そんなありきたりな論で、俺を説得するつもりか？」

「いいえ」

ナタリーがそう言葉を紡ぐと、クロードは組もうとした両手をぴくっと止めた。そして、ナタリーの言わんとすることが気になるようにじっと見つめてくる。

「殿下《でんか》は現在――独りよがりで万事を進めていらっしゃるように感じます。そのままでは、殿下が得たいものはおろか、全《すべ》てを失うと思いませんか？」

「失う……？　ふっ、それは愚問《ぐもん》だな。もし失うような脅威《きょうい》があるのならば、取り除けば問題ないだろう。だから、力をもってして圧倒《あっとう》することが重要だ」

「――脅威を取り除くとしても……自分の視野だけでは、あまりにも狭《せま》すぎませんか？　一つの方法でしか挑《いど》まないということは――可能性を失うことになると思うのです」

自分で言った言葉に、ナタリーは胸にズキッとした痛みを感じる。というのも、可能性を排除《はいじょ》して自分一人だけの考えにこだわっていたのは――以前のナタリーもだったからだ。

そしてそれは、死に戻る前から続いていた後悔《こうかい》とも呼べるもの。ユリウスと再び出会い、ハッと気づいた時には、自分が彼のことをあまりにも知らなすぎることを痛感した。そしてユリウスの変化から目を逸《そ》らしたことだってあった。

(だからこれは、自分への戒《いまし》めという意味も……あるわ)

考えたくない可能性から目を逸《そ》らすことは簡単だが、それが誰《だれ》かの命に関《かか》わっていることもある。ナタリーは、魔力暴走に抗《あらが》うユリウスの事情を知らなかった。だが、知ることもきっとできたはずなのだ。そして、以前の生で産んだリアム――今世で再会した彼はナタリーをどこまでも思いやってくれていた。彼らとの二度の出会いを経て、ナタリーは様々な可能性に目を向けることの大切さを痛感した。ナタリーの話を聞いたクロードは、問うように声をあげた。

「ふん……どうやら、根拠なく適当な言葉を並べているわけではないらしいな。だが、まだやはり、甘い考えにしか聞こえん。それに――よく王太子相手に堂々とそんなことが言えたな？」

「殿下が、私は恩人だから硬《かた》くなる必要はないと言ってくださったので……私なりの意見を言わせていただきましたの」

ナタリーはクロードの青い瞳《ひとみ》を真っすぐに見つめて、言葉を紡いだ。するとクロードは一瞬《いっしゅん》、虚《きょ》を衝《つ》かれたように驚《おどろ》いた表情をしてから、「ク……」と笑い声をあげた。

「そうか……俺がそう言っていたのなら、君は間違っていないな」

「……寛大《かんだい》なお心、感謝いたします」

「ふ、きちんと礼儀《れいぎ》を払《はら》ってくれるのだから――ますます何も咎《とが》められないな。ナタリーから目が離せなくなりそうだ」

「……え？」

「失いたくないもの……か。すでにない場合は――」

そう言って、途端に歯切れが悪くなったクロードに、ナタリーが疑問を覚えたのもつかの間、クロードがなにがしかを口にする前に——ナタリーの後ろから、慣れ親しんだ声がそれを遮った。

「兄さん。もう夕暮れになってきた——美しい令嬢《れいじょう》に、涼《すず》しすぎる風は毒だよ」

「……マルクか」

「っ！」

ナタリーの側《そば》に立つように現れたのは、マルクだった。ずっと緊張《きんちょう》が続いていたこともあり、ナタリーはマルクの顔を見てホッとするのと同時に、突然《とつぜん》現れた驚きのあまり声を失っていた。

「しかも彼女は、エドワードから体調を崩《くず》さないように念入りにお願いされただろう？そろそろ帰した方がいいかなって」

「ふん。唯一《ゆいいつ》同じ母を持ち、血のつながりが強固であるはずなのに、こうもお前は美女に弱いとは……。まあ、いい。確かにお前の言うことも一理ある……長く引き留めてしまって悪かった、ナタリー」

「い、いえ」

「さて、お開きだが……まだ話し足りなく感じるな。次は——ユリウスと君と三人で話そう。興味深い話の続きと——君たち二人の〝勧誘《かんゆう》〟に熱を入れねばな」

「……！」

「……じゃあ、兄さん。彼女は俺が案内するね。さあ、行こうか」

ナタリーは冷たく鋭《するど》い瞳のクロードに見送られながら、別れの挨拶《あいさつ》もそこそこにマルクの後ろへ付いていくのであった。

マルクと共に、訓練場から隣《となり》の宿舎の方へ向かっていると――マルクが突然、「兄さんが失礼を働いたようで、本当にごめんね」と謝ってくる。その言葉にナタリーは驚きつつも、「マルク様が謝ることでは、ありませんわ」と返す。

「その……もう知っているかもだけど、今は漆黒《しっこく》の騎士《きし》団の――臨時の団長をしているんだ。兄さんの意向のもとで、ね。信用はされていないけど……」

マルクが立ち止まり――周囲を確認《かくにん》してから、誰もいないことが分かったのち、おずおずと口を開いた。

「今日のことも……兄さんからは、詳《くわ》しくは聞いてなくて。ユリウスとナタリー様がこうなっているとは知らず……ユリウスが医務室に運び込まれたのを見て、すぐにそっちへ向かったけど――結局あまり役に立てなかったな」

「そんなことは……」

「ううん、実際そうなんだ。兄さんしか実質、王位継承《けいしょう》者がいない中で……誰も歯向かうことはできないし――父さんすら圧倒されている。けれど、いつも思うんだ――本当に、これで良かったのかって」

「マルク様……」

「俺は王家の落ちこぼれで、確かに嫌《いや》な視線がまとわりついてくるけど——漆黒の騎士団っていう居場所があるし、ある意味……自由な人生を送れている。でもその代わり、兄さんに負い目を感じてしまうんだ」

「……」

「殺伐《さつばつ》とした王家の世界で兄さんが頑張《がんば》っているから、俺は自由に過ごせる。その一方で、兄さんは——孤独《こどく》になってしまったんじゃないかって。もし家族として、少しでも兄さんを支えてあげることができれば……もっと兄さんは違《ちが》って……それに、こんなにも嫌《きら》われることも、なかったのかなって」

今まで見たことがないほどに、マルクが落ち込んでいる様子を見てナタリーは心配する気持ちが大きくなっていく。いつもお茶目《ちゃめ》で、笑顔《えがお》がいっぱいなマルクではなく——後悔に苛《さいな》まれる彼の姿に……彼もまたユリウスと同じように、セントシュバルツ王家の被害者《ひがいしゃ》なのではないかと思った。

そしてマルクの言うように、クロードが「マルクの自由のため身を粉にしている」のなら、彼は冷酷《れいこく》無比な人間ではないのではないか——と感じたのだ。思い出してみれば、ユリウスが今日、大怪我《おおけが》をした時も彼は精一杯《せいいっぱい》の誠意を見せてくれていた。確かに腹の底が読めない恐怖《きょうふ》を感じる瞬間はたびたびあるけれど、ナタリーが思う程《ほど》クロードという人間は非情ではないのかもしれない……と思い始める。だからこそマルクを安心させるように、ナタリーはマルクよりも大きな声を出して――。

「マルク様！　きっとマルク様の想《おも》いは伝わりますわ！」

「……へ？」

「だって、殿下《でんか》はマルク様を見限ってはいないじゃないですか。確かに少し物言いはきつく感じましたけれど――マルク様を漆黒の騎士団の団長に指名されて、王城内でもこうして側に置いているのですから……」

「っ！」

「つまり……その、言いたいことは――手遅《ておく》れということはないと思うんです。もしマルク様が望むのなら、今からだって殿下に寄り添《そ》うことはできると思いますわ」

ナタリーがそう言うと、マルクは感極《かんきわ》まったように「うん、そうだよね。今からでも遅《おそ》くはない……そう言ってくれてありがとう。ナタリー様はやっぱり天使だ……！」と言葉を紡《つむ》いだ。ナタリーの言葉に効果があったのか、マルクはみるみるうちにいつも通りのお茶目な様子に戻《もど》っていく。そして「ああ！　ユリウスがいる部屋に連れて行こうと思っていたんだ……！」と慌《あわ》てて、呟《つぶや》いていた。

「といっても、ユリウスがいる部屋はすぐそこで――おそらく、もう治療《ちりょう》も終わっていると思う」

「まあ！　そうなのですね」

「うん……それと、改めて――優《やさ》しい言葉をかけてくれて、ありがとう。助かったよ。俺にとっては家族も大事だけれど――それ以上にユリウスやナタリー様の笑顔を見ると、嬉《うれ》しくなるんだ」

「マルク様……」

マルクの言葉で、先ほどクロードと会話をしていた時の緊張が薄《うす》れていく。そしてマルクが言ったようにユリウスのいる部屋へ向かおうと思ったその時、ナタリーとマルクの前方にある扉が開く。そこへ視線を向ければ。

「お、ちょうど終わったタイミングだったようだね」

「っ！　ユリウス様……！」

「……！　ナタリー！」

扉から現れたのは、ユリウス本人だった。服を着こんでいて状況《じょうきょう》が分からないため、ユリウスに駆《か》け寄り、身体《からだ》は平気か声をかけようとすれば――ユリウスから、「心配させてしまってすまない。医師に治療してもらったから大丈夫《だいじょうぶ》だ」と言葉をもらった。

「で、でも……無理しないでくださいね……！」

「ああ、分かった――気遣《きづか》ってくれて感謝する」

「さてさて、お二人とも積もる話はあるだろうけれど……ここだと少し大っぴらかもしれないから――馬車まで送るね」

マルクにそう声をかけられたことをきっかけに、ナタリーとユリウスは訓練場までやってきたファングレー家の馬車まで戻った。そしてマルクから別れの挨拶をもらったのち、馬車の中で互《たが》いがいない時の話を共有し合った。特にクロードが最後に、ナタリーに言った言葉に対して――ナタリーとユリウスともに答えのない疑念を抱《いだ》く。そんな中、ナタリーはユリウスが怪我をした肩《かた》部分を見て、歯がゆい想いを感じていた。

（もしあの時に、癒《いや》しの魔《ま》法《ほう》が完璧《かんぺき》に使える状態だったら――ユリウス様はあまり苦しまずに済んだはずなのに）

訓練場で怪我をしたユリウスにすぐさま駆け寄ったものの、自身の不甲斐《ふがい》なさにナタリーは打ちひしがれていた。未《いま》だに魔力の感覚は乏《とぼ》しく、守られるだけの自分が嫌で仕方なかった。

二人を乗せた馬車が夕闇《ゆうやみ》に染まっていく草木の間を、素早《すばや》く走っていく中――ナタリーが、自責の念で俯《うつむ》いたその時。

――ガタンッ。

「どうした!?」

「こ、公爵様《こうしやく》……！　ぞ、賊《ぞく》が現れました……！」

「なんだと……っ」

突然、馬車が停《と》まったかと思えば……馬たちが嘶《いなな》く声と共に、御者《ぎょしゃ》が車内に通じる小窓からそう声をかけてきたのであった。

第五章　錯綜する思惑

　御者が伝えた「賊の襲撃《しゅうげき》」について、あまりにも突然《とつぜん》のことだったためにナタリーは頭の理解が追い付かなかった。しかし事態は緊急《きんきゅう》を要するようで、御者は「前方に立ちはだかるように賊たちが……っ」と声をかけてくる。そうした予想外の状況について、ユリウスは訝《いぶか》しんでいるのか眉間《みけん》に皺《しわ》をよせていた。そんな二人を追い詰《つ》めるかのように馬車の外からは、複数人の足音が聞こえてくる。

「こんなところに賊が出没《しゅつぼつ》するとは、聞いたことがない。……ナタリー、少しだけ馬車の中で待っていてくれるか？」

「ユ、ユリウス様……危険です！　今だって怪我をされて……っ」

「気遣ってくれて感謝する。だが、このままでは俺たちは——帰ろうにも帰れない」

「……け、けれどっ」

「それにすぐさま、襲《おそ》い掛《か》からず……こうして姿を堂々と見せる賊に不可解なものを感じる」

「そ、れは……」

「五分だ」

「……え？」

「五分で片を付ける」

ユリウスの口から出た言葉に、ナタリーは虚《きょ》を衝《つ》かれたように——彼を見つめるのみになってしまう。ユリウスが賊に立ち向かっていくのだと気づいた瞬間《しゅんかん》には彼は馬車の外へ身を出していた。ナタリーが慌てて、馬車の窓から顔を出して前方へ視線を向けると。

「……ただの賊ではないようだな」

「素直に拘束《こうそく》させていただけるようでしたら、強引《ごういん》なことは致《いた》しません」

ユリウスの前には、黒装束《くろしょうぞく》で目元以外を隠《かく》した大柄《おおがら》な男たちが剣《けん》を構えながら、十数人ほど立ちはだかっていた。しかもユリウスを目の前にしても、すぐに襲い掛かるのではなく会話をする余裕がある。その様子から、ユリウスが言っていた「不可解さ」をナタリーも持ち始める。事態がひっ迫《ぱく》する中、ユリウスは腰《こし》に差していた剣を抜《ぬ》き——口を開く。

「そんな相談はできない、な」

「——ならば、力ずくでいかせてもらう！」

男たちは雄々《おお》しい声を上げながら、ユリウスへ一太刀《ひとたち》を浴びせようと襲い掛かってくる。あまりの人数に、ナタリーの手が恐怖《きょうふ》で震《ふる》えたのもつかの間——ユリウスは、手から魔法を発動させたかと思うと目にも留まらぬ勢いで、大勢の敵を薙《な》ぎ払《はら》っていき……。

（あ、あっという間すぎるわ……！　五分もかかっていないんじゃ……）

鋭《するど》い斬撃《ざんげき》や鈍《にぶ》い音が響《ひび》き渡《わた》る中、涼《すず》しい顔をしたユリウスだけがその場に立っていた。

男たちは完膚《かんぷ》なきまでに打ち負かされてしまったようで、地面に累々《るいるい》と倒《たお》れている様が確《かく》認《にん》できた。倒れた男たちに近づいたユリウスは、黒装束の中を確かめるように見てから眉をひそめ——道の脇《わき》へと彼らを退《ど》かす。そして馬車のほうへ戻ってきて、中にいるナタリーと視線が合うとホッとしたような顔つきになった。そうして馬車へ乗り込んできたユリウスは「もう大丈夫だ」と声をかけてくれた。

「よ、良かったです……本当に、良かった……」

「不安にさせてしまって、本当にすまなかった」

「いいえ、むしろ——危険から脱せたのですから……ユリウス様、ありがとうございます」

「君が安全なことが——俺にとっては一番だから。当然のことをしたまでだ。——それと、ここからは急いで離《はな》れたほうがいい。御者よ、すぐに屋敷《やしき》へ馬を……！」

「は、はい……！」

ユリウスに命じられた御者は、姿勢を正して馬へ指示を送り始める。走る馬車の窓の外には、ユリウスがのした賊たちが倒れている様子がはっきりと見えた。以前にナタリーが賊に襲われた際には騎士《きし》団が捕縛《ほばく》していたことを覚えていたが、今回は訳が違《ちが》うのだろうか。聞いていいものか分からず、おずおずとユリウスへ視線を向ければ……ユリウスはナタリーの疑問を理解したようで。

「ああ。あの賊たちは気絶させて、道に置いてきた」

「置いていっても、よろしいのでしょうか？」

「普通《ふつう》なら、騎士団が捕縛するのだが——奴《やつ》らの顔や持ち物を確認したら、王宮騎士団所属の騎士だということが分かった」

「……え？」

「つまり——王城からやってきた刺客《しかく》だ」

ユリウスの言葉を聞いたナタリーは肝《きも》が冷える心地《ここち》がした。先ほどまで、クロードと話をしていたあの王城から、こんな大勢の騎士が差し向けられたということなのだろうか。しかもこの馬車を狙《ねら》って待ち伏《ぶ》せしていたようにも……。

「王宮騎士団は、セントシュバルツ王家に忠誠を誓《ちか》っている。だから奴らは、殿下《でんか》の指示でこの馬車を狙った可能性が高い」

「そ、んな……」

「しかも王宮騎士という点が厄介だ。——深手を負わせたり、命を脅《おびや》かしたりすると、王家からあらぬ容疑をかけられ……こちら側が不利益を被《こうむ》る可能性もある。だから気絶させて道に置いてきた」

「そ、そうだったのですね」

「本当は捕《つか》まえるのが妥当《だとう》なのだが──現在の事情が事情ゆえに、な」

ナタリーの疑問に答えたユリウスは苦々しそうに語った。そして王宮騎士が目覚めたら、王城に帰っていくだろうということも説明してくれた。向こう側も、ユリウスを攫《さら》うことができるのであれば、強硬《きょうこう》手段を使うが──失敗してしまったのであれば、あくまで勤務をしていたというアリバイの方が重要なのだとか。

しかし裏を返せば、表面上でユリウスに剣を向ける名目さえあれば──こうしたことは何度も起こりうる可能性があることに気づいたナタリーは、嫌《いや》な汗《あせ》を背中にかいた。ただユリウスによってこうして圧倒《あっとう》されてしまったからには、向こう側も作戦を変えてくるはずだ……というのがユリウスの見解らしい。

「だが──騎士を使って……こうも回りくどいことを、殿下が……」

「え?」

「あ、いや……いつもならば、勝ち目のない差を見せつけて──または脅《おど》して、相手を服従させるのが殿下のやり方だったと記憶《きおく》しているのだが──」

ユリウスは顎《あご》に手を置いて、考え込んでいる様子だった。ユリウスが言うには、今までクロードは自らのライバルである王位継承《けいしょう》者たちに対して、試合で敗北を認めさせたり、弱みで脅したりして支配する方法をとっていたらしい。今回のように賊を装って誘拐しようとするなど、まだるっこしい行為はあまりイメージがないとのこと。

「しかし、手段を選ばずに行動できる——という脅しともとれるな」

「……っ」

「今後は——移動の際にはより一層、注意が必要だな」

「そうですわね」

ナタリーはユリウスの言葉を聞いて、改めて気を引き締《し》めよう——そう思った。そしてどうにか危機から逃《のが》れたことにホッとした瞬間、ユリウスの肩《かた》へナタリーはふと視線が向き——服に血が滲《にじ》んでいることに気が付く。

「ユリウス様……！　か、肩から血が……！」

「ああ……これは——今日怪我したところの傷口が……開いてしまったようだな」

「そ、そんな……」

ユリウスの言葉から、ナタリーは彼の怪我が悪化したことを知り……胸がぎゅっと締め付けられる苦しさを味わう。戦いに関しては無力同然のナタリーは、ユリウスに守られるほか選択肢《せんたくし》がない。そうは分かっていながらも、無意識のうちにナタリーはユリウスの肩へおそるおそる手を近づける。そして癒《いや》しの魔法《まほう》をかけようと——手に力をいれるものの、やはりナタリーの手からは全く魔法が出る気配がなかった。

（やっぱり……発動しないのね……）

知っていたことだったが、改めて目《ま》の当たりにすると辛《つら》いものを感じる。戦うことができないゆえに、せめて彼を癒すことができたら……そう思ったのに、何もできない。傷つく彼をただ見ていることしかできない自分に、悔《くや》しさが募《つの》っていくのだ。眉間《みけん》に皺《しわ》をよせながら、ナタリーは俯《うつむ》く。そんな時、脳内には「けれど……」という気持ちがむくむくと湧《わ》いてきていた。

(ここでめそめそしても、ユリウス様の傷が治ることはないわ……私は、ユリウス様と共に歩むと決めたのだから)

悲観的に考えたところで、ナタリーの力が戻《もど》ることはない。そんなことよりも、自分にできること――そして魔力が回復する希望を忘れないようにしよう。そう、ナタリーは自分に活を入れてから、再びユリウスの方へ視線を戻し。

「ユリウス様、帰りましたら――傷口の手当てを……お手伝いしてもよろしいでしょうか?」

「……ああ、助かる。ぜひお願いしたい」

ナタリーから声をかけられたユリウスは、ナタリーと視線を合わせる。そしてナタリーの意思を感じ取ったのか、柔《やわ》らかな笑《え》みを浮《う》かべて言葉を紡《つむ》いだ。二人を乗せた馬車は、月によって照らされながらファングレー邸《てい》へと帰っていくのであった。

「先日は、すまなかったな……ユリウス。身体《からだ》の方は大丈夫《だいじょうぶ》か？」

「……はい。殿下のご配慮《はいりょ》のおかげで、万全《ばんぜん》です」

「そうか、それは良かった……そして、ナタリーは今日も美しいな」

「……お褒《ほ》めくださいまして、ありがとうございます」

「襲撃《しゅうげき》のお礼も……殿下にはしたく存じます」

「……ほう？　襲撃……？」

「ユ、ユリウス様……」

「——だが、そんな些事《さじ》は……きちんと振《ふ》り払ったのだろう？」

「ああ、もちろん」

馬車が襲撃されてから、二週間後。ナタリーとユリウスは、クロードの招待によってセントシュバルツ城の庭園にいた。魔力が多いユリウスは怪我の治りも早い。そして怪我が完治したタイミングで、クロードから真っ赤なダリアの花束と手紙が届き「先日の非礼を詫《わ》びたい」と書かれていたのだ。その会場としてセントシュバルツ城の庭園を指定されたため、ナタリーとユリウスはここへとやってきていた。探《さぐ》りを入れるユリウスに、クロードは不敵な笑みを浮かべている。しかし本日は喧嘩《けんか》をしに来たわけではないため、なるべく鎮《しず》めようと思ったナタリーは口を開いた。

「殿下、素敵《すてき》なダリアの花を送ってくださり——ありがとうございます」

「あの花は、母のお気に入りだったんだ。君が気に入ってくれたのなら——俺は嬉《うれ》しい」

クロードはナタリーの言葉に対して、優《やさ》しくほほ笑んで答え——庭園に植えられているダリアに視線を向けていた。ここセントシュバルツ城の庭園は、夜会が開かれた時にもエドワードとユリウスと共に話し合っていた場だ。夜とは様相が異なり、太陽の光に照らされ咲《さ》き誇《ほこ》る花々によって、色彩《しきさい》豊かな空間となっていた。

そしてティータイムを楽しめるようにセッティングされたテーブルを前にして、三角形を形成するようにナタリー、ユリウス、クロードは椅子《いす》に座っていた。クロードの側《そば》に控《ひか》えている側近は、「本日は他《ほか》のご用事もあったのに……」となにやら忙《せわ》しなさそうにぶつぶつと呟《つぶや》いている。

（本当は、ここへ来るかどうか——ユリウス様と悩《なや》んでいたのだけれど……）

ナタリーはユリウスが怪我を負い、ファングレー邸へ帰った日のことを思い出す。王宮騎士《きし》たちによる襲撃があったこともあり——ユリウスは、クロードがナタリーに言い放った次なる思惑《おもわく》のことを考えている様子だった。何か打開策を練ろうとするも、セントシュバルツから脱出《だっしゅつ》すれば国のお尋《たず》ね者になってしまい、クロードの誘《さそ》いを断るにも謝罪を受け入れないのは体裁が悪く、悪目立ちしてしまうことが懸念《けねん》として生まれるだけだった。

むしろナタリーとユリウスの二人を招待してくれるのだから、無理にクロードからの誘いを断るのではなく——もし何か問題があれば二人で対処したほうがましだ、と結論を出したのだ。加えてユリウスは、「俺の怪我の治療《ちりょう》のために殿下は招待する時期を配慮してくれるだろう」と推測していた。

まさにユリウスの言う通りに、クロードは時間を空けて招待状を送ってきたのだった。ゆえに、建国祭までの時間を稼《かせ》ぎながら相まみえることができた——のだが。ナタリーとしては、怪我をしたユリウスを利用するのには気が引けていて……。

（悩むだけ無駄《むだ》だとは分かっているけれども……魔法が使えたら、ユリウス様の怪我をすぐに治せたはずって、思わずにはいられなかったわ……）

フランツがナタリーの魔力が増えたと言った後のこともあり、馬車への襲撃があったあの日——怪我をしたユリウスに癒しの魔法をかけようと挑戦《ちょうせん》したことを思い出す。しかし魔力量がまだまだ足りない状態のため、思うように魔法が発動せず——ナタリーは歯がゆい思いをした。少しでもユリウスのためにと思って、塗《ぬ》り薬などの手伝いや身の回りの世話をするものの、傷口を見るたびにやるせなさが生まれたのであった。しかし王城の医師たちの見立てなのか——クロードの読み通りに、ユリウスの怪我は手紙が来る頃《ころ》にはすっかりと薄《うす》くなっていた。

「先日はナタリーから、興味深い話を聞いてな……」

「……」

「そう睨《にら》むな、ユリウス。別に、ナタリーを脅《おど》したわけではないさ。会話をしただけだろう？　なぁ、ナタリー」

「は、はい……」

「失わないためにはどうするのか――だったな」

クロードの青い瞳《ひとみ》がナタリーを真っすぐと見つめてくる。その瞳に思わず額から汗《あせ》がたらりと流れながらも、ナタリーはクロードの言葉に間違《まちが》いがないことを肯定《こうてい》するために「はい」と返事をした。その様子にクロードは嬉しそうに笑顔になったのち、ナタリーとユリウスに視線をやって、言葉を紡いだ。

「確かに、俺は――己《おのれ》の目的のために犠牲《ぎせい》を生んでも仕方ないと一辺倒《いっぺんとう》で考えてきた。しかし君の『可能性』という言葉に、新しい考えもある――そう思ったのだ」

「……考え？」

「ああ、ナタリーはあらゆる危機があるのだから――権力で抑《おさ》え込むのは危険だということを言っただろう？　つまり、戦いが起きるリスクを危険視している」

「……それは、そうですね」

クロードの言葉は確かに的を射ていたため、ナタリーは再び頷《うなず》いた。現在のクロードのやり方は、セントシュバルツ内で完結するものではなく──将来的にフリックシュタインとの戦争の危険性もはらんでいるのだ。そうしたリスクを排除《はいじょ》できるというのなら、ナタリーとしては嬉しいのだが……。

「──命の危機が訪《おとず》れてしまうのが、怖《こわ》いということなのだろう？　ならば、君こそうってつけの人材ではないか？」

「……え？」

「俺はメイランドが欲しい。しかし、その動きによっていらぬ戦いが起きるのは──俺としても本意ではない。だから、フリックシュタインの代表としてナタリーがメイランドへ赴《おもむ》くのだ……そしてメイランドの軍部で、ユリウスと同等の権力を授《さず》けよう」

「……殿下《でんか》っ」

「まあまあ、憤《いきどお》るな、ユリウス。これはお前にとっても悪くない話だ。メイランドにはもともとお前も派遣《はけん》しようと思っていたのだから、そこに大切な者と一緒《いっしょ》に行けるのは──またとない話だろう？」

「俺は一度も、メイランドへ行くことを肯定は……」

「その返事は、建国祭までおあずけとなっていたな──まあ、もうあと一週間となっているが。ナタリー、君は癒《いや》しの魔法《まほう》が使えるのだろう？　それならば、戦いが起きたとしても被害《ひがい》を最小限にできるはずだ」

「……っ!?」

「君は謙遜《けんそん》をしているが、ユリウスの魔力暴走を止めるほどの力がある者だ。並大抵《なみたいてい》のことではない——察するに、国一つ分といったところか。戦いで命を失うのが嫌《いや》ならば、自分の力で癒せばいい。抗《あらが》う者は捕虜《ほりょ》にしたのちにでも、な」

「な、にを……」

「殿下、あまりにも横暴ではありませんか！　そもそもフリックシュタインの了承《りょうしょう》なしに、ナタリーをメイランドへ送るなどと……」

クロードの言葉を聞いた瞬間《しゅんかん》、ユリウスが席から立ち上がり声を張り上げた。するとクロードはそんなユリウスを歯牙《しが》にもかけない素振《そぶ》りを見せて、「できるさ」と淡々《たんたん》と言葉を紡いだ。

「お前たちをセントシュバルツ、そしてフリックシュタインの人質《ひとじち》だと置き換《か》えれば、話はつく。フリックシュタインはセントシュバルツとの争いを望んでいないのだろう？　それならば、お互いの首とも呼べるものを差し出せばいい」

「……!?」

「ナタリーはどうにも、ユリウスを御《ぎょ》するためには欠かせない人物のようだ。きっとそれは、君を連れてきたエドワードも重々承知していることだろう。ゆえに、君を送ることでフリックシュタインはユリウスを御することができるのでは、と態度を和らげるはずだ」

「そんな想像で、ナタリーを危険に巻き込もうと……っ」

「ふっ、しかしこれは理にかなっている。ナタリーがもし、ユリウスと結託《けったく》してセントシュバルツから離反《りはん》すれば——我が国に大きな被害が出るからな。その可能性をナタリーが持っていると考えればフリックシュタインは、頷くしかない」

「……っ」

「もしくは、フリックシュタインからセントシュバルツの動向を探《さぐ》るスパイになるよう頼《たの》まれるかもしれないがな——しかし裏を返せば、それぐらいの価値がつくはずだ。そして、セントシュバルツとフリックシュタインの均衡《きんこう》を保つ役割にもなる」

クロードの視線はますます鋭《するど》くなっていき、冷たさが宿っている。そんな凍《い》てつく視線を受けたナタリーは、脳内で目まぐるしく考えを巡《めぐ》らせていた。クロードの提案は、確かに両国の平和につながるのかもしれない。しかしそこには——「ナタリー」と「ユリウス」の意思はない。つまりクロードは、フリックシュタインとセントシュバルツのために犠牲となれ……そう主張しているといっても過言ではない。

「この話は、君たちの安全を思いやって考えたのだ。俺としては話し合いではなく、武力をもってして解決してもいいと思っていたが——それは、君たちとしても望むところではないだろう？」

「……望んではおりませんわ」

「ああ、だから――こうして、話をして解決できれば一番いいと思わないか？　そもそも武力が行使されたら、真っ先に狙《ねら》いとなるのはナタリー、君だ」

「……そ、それは……」

「君自身もよくわかっているだろうが、君に戦う力はない。もし制圧でもされれば、抗う術《すべ》はないはずだからな――そんな状況《じょうきょう》になるのはごめんだろう？」

クロードはナタリーの弱みを的確についてくる。ユリウスの負担になってしまうのでは……と日ごろからナタリーが悩《なや》んでいることを知っているかのようだ。それゆえに、クロードの言葉はナタリーが求めてやまない「弱みへの解決策」のようにも聞こえてくる。そしてクロードは、畳《たた》みかけるように声をあげた。

「君がここで決断をしてくれると言うのなら……」

クロードは使用人へ合図を送ると、少し離《はな》れて待機をしていた使用人が一度場を離れたかと思えば――数枚の紙を手にして、テーブルの方へ近づいてくる。そして、その紙をクロードに渡《わた》した。

「ここに契約書《けいやく》を用意した。お互《たが》いに、口約束は心もとないだろう？　ゆえにセントシュバルツの国璽《こくじ》を押し、俺のサインも書いてある契約書だ」

そう言って、クロードはナタリーの前へ契約書を差し出してくる。そこには確かに、クロードが説明した内容が書かれていた。また、メイランドでの権力をクロードからナタリーへ授ける旨も。

そして契約書の最後には、セントシュバルツ国を意味した印とクロードのサインが記載されており――その下に、この契約に同意するためにナタリーがサインする欄《らん》があった。ここにサインをすれば、おそらくクロードの言った通りの状況となっていくのだろう。フリックシュタインもセントシュバルツも十八歳で成人を迎《むか》えたものとしている。ゆえに、契約書にサインすれば簡単には反故《ほご》にすることはできないはずだ。ナタリーはもちろんのこと、クロードでさえもだ。

(この契約書へサインすれば、ユリウス様の足を引っ張らない……)

ユリウスがナタリーに守りたいと言ってくれるのと同様に、ナタリーもユリウスを守りたいと強く思っているのだ。今回のことで、セントシュバルツでユリウスがいかに不自由を被《こうむ》っているのかよくよく理解した。もしこの契約書で、そうした不自由からユリウスが解放されるのなら――そしてクロードの言う通りフリックシュタインとセントシュバルツの平和が保てるのなら……。

ナタリーは契約書をじっと見つめながら、考えを巡らせていく。しかしどこか腑《ふ》に落ちないものを感じてもいた。頭では、現状では正解かもしれない「契約を結ぶ」行為《こうい》に否定的にはなっていないはずなのに、どこか判然としないモヤモヤとした気持ちが胸の中を埋《う》め尽《つ》くしている。ナタリーの頭と心で意見が割れている中、おもむろにユリウスへナタリーは視線を向けた。

（ユリウス様はこのことをどう思って……）

契約を結ぶことに関して、自分一人の意見では決められず、ナタリーはユリウスの意見を聞きたいと思ったのだ。ナタリーの瞳《ひとみ》に映るユリウスは、クロードに反論した時のまま、立ち上がって拳を握りしめている。そしてナタリーの視線に気が付いたユリウスは、それをしっかりと受け止めて口を開いた。

「俺は、君の意思が重要だと思っている」

「私の……意思……？」

「ああ、誰《だれ》かのためにではなく――どんな決断をする時も、自分が納得《なっとく》していなければ……それは間違《まちが》いだ」

「っ！」

ユリウスが真っすぐとナタリーに言葉を紡《つむ》げば、ナタリーはハッとした気持ちになった。気が付けば、ナタリーは契約書を目にしてから「自分ではなく誰かのためになるのなら」という想《おも》いが先行していた。だから自分が犠牲《ぎせい》になろうとも、構わないと――そう思っていたのだ。ユリウスの言葉から、そうした事実に思い至ったナタリーは再び契約書に目を向ける。

（確かに、この契約書は〝今〟、その場しのぎの平和にはつながる――けれど未来の私を縛《しば》り、結果的には平和を脅《おびや》かすものだわ……！）

　契約書の内容は、確かに両国の平和をすぐに作ってくれる代物《しろもの》だろう。しかしそれはあくまで、「ナタリーがクロードのためにメイランドへ行くこと」という条件付きなのだ。

　今のところは、クロードからの無体な命令はなさそうだが、未来はどうだろうか。そもそもナタリーは、フリックシュタインに大好きな家族を残したまま、メイランドへ行きたいとは思わない。これはわがままではなく、ナタリーの意思に他《ほか》ならないからこそ。

「……殿下《でんか》」

「どうだ？　サインをすると決めたか？」

「私は、この契約書にサインは致《いた》しません」

「……ほう？」

「私やユリウス様の犠牲の上に成り立つ平和を、私は望みません。なにより――個人ではなく、平和へ向けて、国同士が腹を割って話さないことには……根本的な解決はないと、私は思っております」

　この契約は間違いなく、将来的な歪《ゆが》みを生むとナタリーは判断した。今は「メイランドへ行くこと」が条件なものの、一度命令に従ったのちに待っているのはクロードの支配のはずだから。今後はセントシュバルツの傀儡《かいらい》としての働きを求められる可能性がゼロではないのだ。加えて、クロードはナタリーとユリウスのためにと言ったが――本人たちの意見を聞かずして作った契約書が、果たして自分たちのためになるのだろうか。ナタリーの答えに、クロードは一瞬《いっしゅん》目を見開いたものの……すぐさま暗い表情となった。

「確かに、ナタリーが言う通り二国間で平和を維持《いじ》できるのならば——それに越《こ》したことはないだろう。しかし、それが難しい今はこの契約書が最善手ではないか？」

「……それは、私たちの意思がないもとで——ですよね？」

「ふっ、そうはなるが——お前たちに向かう脅威《きょうい》をいち早く振り払えるのだぞ？　それとも刺客《しかく》や監視《かんし》といったものに、脅かされてもいい、とでも？　ナタリーはユリウスを危険に晒《さら》しても問題ないのか？」

「——っ、それ、は……」

「殿下、俺にその心配は及《およ》びません」

「……なに？」

「お言葉ですが、自身に降りかかる火の粉は——己《おのれ》の力で振《ふ》り払《はら》う所存です」

ユリウスは、クロードを前にして毅然《きぜん》とした態度で言葉を紡いだ。しかしそんなユリウスの態度に、クロードは眉《まゆ》を顰《ひそ》める。そして挑発《ちょうはつ》するような声色《こわいろ》で、ユリウスに声をかけてきた。

「なるほど。確かに、お前は自分の力だけでどうにでもなるのかもしれない。しかし、ナタリーはどうだ？」

「殿下は一つ勘違《かんちが》いをしておられます」

「なんだと？」

「ナタリーは弱くはありません。自らの道を自分で切り開けるのですから、そうした彼女の剣《けん》として──俺は存在しているのです」

「……」

「誰しも得手不得手はあるでしょう。それを補い合うことで、より強くなると俺は考えております」

「だから……問題ないのだ、と？」

「一人で戦うには、後方への注意も必要で全力を発揮するのは難しいが──背中を守ってくれる人がいれば、想像以上の力を発揮することができます。俺はその存在がナタリーだと思っております」

　クロードが信じられないものを目にするような視線をユリウスに向けている中、ナタリーはユリウスの言葉に、胸の内が熱くなった。それはお母様から「後悔《こうかい》しないように」というエールをもらった時に似た感覚。なにより一人ではないと実感させてくれるユリウスの言葉に、ナタリーは大きな勇気をもらったのだ。

　そしてそうした気持ちを抱《いだ》く中、ナタリーは視界の端《はし》にセントシュバルツ城の使用人がティーポットを持ってこちらへとやってくる様子に気が付く。しかし紅茶のおかわりを注ぐつもりかと思いきや、まだカップに紅茶が残っているナタリーの方へ真っすぐと向かってきているのだ。そんな違和感《いわかん》を感じた時にはすでに遅《おそ》く――近づいてきていた使用人が「あっ」と声を出した瞬間……持っていたティーポットが宙を舞《ま》い、ナタリーの方へ飛んでくる。

（うそ……こちらにティーポットが……っ）

きっとティーポットの中身は、熱い紅茶が入っているはずで――当たったら軽傷では済まないはずだ。今から逃《に》げの体勢を取ることは現実的に不可能。ゆえにナタリーが、せめて目に入らぬように手を顔の前に出そうとしたその時。

――ガチャン！

「熱くない、か？」

「ユリウス様っ⁉」

ティーポットがナタリーにぶつかるより早く――黒い装《よそお》いがナタリーの視界に入った。ティーポットはナタリーではなく、ナタリーを庇《かば》うように差し出されたユリウスの腕《うで》にぶつかり、割れたのだ。ユリウスの腕は洋服で守られてはいるものの、ティーポットの破片《はへん》が服にちらばり、熱い湯気が服から立っていた。「すまない――座っている君を動かしたら、椅子《いす》にぶつかると思って……」とユリウスは、ナタリーに弁解をしてから。

「殿下、これはどういった意図でしょうか？　あきらかに今の使用人の動きは不自然です。

先日の一件といい――従わない我々《われわれ》に、実力行使で脅《おど》しをかけたのでしょうか？」

「……そ、それは――」

不快感と怒《いか》りがひしひしと伝わりながらも、つとめて冷静にユリウスはクロードに言葉を紡いだ。ナタリーもユリウスが言った意図があるものと思い、クロードを睨《にら》んだ。ティーポットを投げたであろう使用人は、青ざめて唇《くちびる》をわなわなと震《ふる》わせながら謝罪の言葉をぶつぶつと口にしている。そんな中、クロードは虚《きょ》を衝《つ》かれたような表情になっていることにナタリーは気が付いた。その様子を見るに、まさかクロードの意図していない状況なのだろうか。それとも演技で――と頭が混乱しそうになるが、ハッとユリウスの腕にナタリーは視線を戻《もど》す。

「は、早く手当てをしなければ……」

「ああ。気遣《きづか》い感謝する。手当ても大事だが、こんな物騒《ぶっそう》な茶会からは、すぐさま帰宅したほうがよさそうだ。――帰ろう、ナタリー」

「は、はい……！」

確かにユリウスが言う通り、こうして危険な目に遭ったのは紛《まぎ》れもない事実なのだ。ユリウスに促《うなが》されるまま、ナタリーはその場をあとにする。帰る支度《したく》をするナタリーとユリウスに対してクロードはただ無言で何かを考え込んでいるようだった。

（もし殿下が企《くわだ》てていたのだとしたら、してやったりと思いそうなはずなのに……）

クロードの反応をみるに、どうにも不自然な感覚を抱きつつも——ナタリーはユリウスの手当てが先決と思い、馬車まで足早に向かう。そしてファングレー邸《てい》へ戻る道中、袖から覗くユリウスの手が赤くなっているのを見て、ナタリーは胸を痛めた。

先日の襲撃《しゅうげき》を受けて、警戒《けいかい》をしながらも——素早《すばや》くファングレー邸へ帰れば、ユリウスの様子を確認《かくにん》した使用人たちが大慌《おおあわ》てで応急手当てをすべく薬箱を持ってきてくれた。ユリウスの自室で使用人たちが的確に処置を終えたのち、退室していく。すると、その場に残ったのはナタリーとユリウスだけだった。

(私はただ……見守ることしかできない、なんて……)

ユリウスの腕は、真っ赤に染まっており——酷《ひど》い火傷《やけど》を負っていた。今までのナタリーであれば、癒しの魔法によって治療《ちりょう》することができたはずなのに。

ユリウスはクロードに対してナタリーは弱くないのだと、背中を預けられる人物だと——そう言ってくれたが、今のナタリーが果たしてそうした人物に当てはまるのか……自分の力に疑問を持った。ユリウスの言葉は嬉《うれ》しかったが、その言葉に報《むく》いる力がないこと——それがナタリーの歯がゆさにつながるのだ。

ぐるぐると暗い感情が心を占《し》めていき、ナタリーはその場で立ったまま俯《うつむ》くと動けなくなってしまう。

「ナタリー……？　どこか具合が悪いのか？」

「っ！　あ、いえ……」

不意にユリウスからそう声をかけられ、ナタリーは思わず動揺《どうよう》してしまっていた。まさか、ユリウスの前で表情に出してしまうなんて、と情けなさを感じる。ユリウスは今、怪我《けが》人であり――そんな彼の負担になってしまうのは良くない。

「そ、その……ユリウス様の手当ても無事に終わったようですので――私はこれで……」

そうユリウスに言葉を紡《つむ》ぎ、ナタリーはその場を立ち去ろうとした――その時。

「待ってくれ！　ナタリー」

「っ！　ユリウス様、いかがいたしました？」

慌《あわ》てた様子のユリウスに、ナタリーはびくっとなり彼の方へ視線を戻す。すると、座って処置を受けていた彼が思わずといった形で立ち上がり、ナタリーの方へ歩こうとしていた。その様子に、今は無理をしてほしくないと思ったナタリーは、ユリウスに「もし何か必要そうでしたら、すぐに持ってきますわ……！」と口を開いた。するとユリウスは、ナタリーが振《ふ》り返ったことを確認してから、おもむろに声を上げると。

「あ、いや。その……」

「どうかしました？　遠慮せずになんなりと……！」

「……が必要だ」

「……え？」

「……ナタリーが必要なんだ」

ユリウスの声を聞きとれず、ナタリーが聞き返せば——ユリウスは顔を赤くしてそう言葉を紡いだ。その意味をナタリーの頭が、正確に理解すれば……ナタリーもユリウスに負けないくらいに顔に熱が集中していく。間違いなく沸騰《ふっとう》しそうなほど、赤くなっているに違いない。だってそれくらいに、ユリウスの言葉は強烈《きょうれつ》で——ナタリーの胸は早鐘《はやがね》を打ってしまうのだ。

「突然《とつぜん》こんなことを言って——困らせてしまい……すまない。けれど——今は、君に側《そば》にいてほしいと……そう思ったんだ」

「……っ！　ユリウス様……」

ユリウスの言葉に、ナタリーは心臓をぎゅっと摑《つか》まれてしまう。確かに病などにかかった際には、ナタリーも不安が大きくなり頼《たよ》れる両親に側に居てほしい、とそう思ったものだ。もしユリウスにナタリーがそうした頼れる存在として思われているのなら、とても嬉しいことだ。そして今の自分には、彼の不安を和《やわ》らげることが精一杯役に立つことでは……と思ったナタリーは快く、ユリウスの側にいることを承諾《しょうだく》した。

そうしたナタリーの返事に、ユリウスはホッとした様子を見せてから——部屋の中にあるソファへと促し、二人で隣《となり》に並んで座った。するとユリウスが、おもむろに口を開く。

「ナタリー、君の顔を曇《くも》らせる原因は……俺か……？」

「……え？」

「……馬車に乗っている最中も、君の顔色が優《すぐ》れないと思っていた」

「っ！　ち、違《ちが》いますわ……！」

　ユリウスにそう問いかけられて、ナタリーは慌てて返事した。なにより、自分への心配によってユリウスの気を病《や》ませてしまうのは、とてもよろしくない。しかしだからといって、自分の本音を言うのは余計にユリウスに心配をかけてしまうのではなかろうか。そうした感情がないまぜとなって、ナタリーの頭はいっぱいだった。

「すまない……これも、君を追い詰《つ》める言い方だったかもしれない。俺は本当に気が利《き》かず……」

「あ、あ……ユリウス様……ちが、違うのです。言えなかったのは、その……あまりにも幼稚《ようち》な自分の気持ちを言葉にするのが恥ずかしかったからで……」

　ユリウスが子犬のようにしょんぼりとした表情になるのを見て、ナタリーはもう抑《おさ》えておくことはできなかった。観念したように、ユリウスへナタリーの本音をぽつり、ぽつり……と語った。癒しの魔法が使えないために、ユリウスの負担になってしまっていること。いつも守られてばかりなこと……言い始めるととめどなく、溢《あふ》れてしまうその思いにナタリーは段々と表情が暗くなっていく。

「わ、たしは……ユリウス様が言ってくれた言葉通りの——背中が預けられる人間とは程《ほど》遠《とお》くて。そうした言葉に応《こた》えられない自分が、ひどく残念で……」

「……」

「こうした気持ちを言って、ユリウス様に迷惑《めいわく》をかけたくないと思うのに……」

そうナタリーが言葉を紡げば、ユリウスはナタリーが言い終わるまで黙って耳を傾《かたむ》けてくれていた。そしてナタリーが自分の心情を言い終わると、ユリウスは真剣《しんけん》な表情をして考え込み——ナタリーの方へ視線を向けた。

「まずは、話してくれてありがとう。ナタリー」

「……い、いえ——ですが、私の身勝手な想《おも》いだったでしょう？」

「いいや。そんなことはない」

「え？」

「もとを辿《たど》れば——君が癒しの魔法を使えなくなったのは……俺のせいだ」

「っ！　それは違いますわ……！　私はユリウス様を責めているわけではなくて……」

「君の優《やさ》しい気持ちは痛いほど伝わってくる。ありがとう。しかし、これは紛れもない事実なんだ」

ナタリーはユリウスの言葉に、申し訳なさでいっぱいになった。しかしユリウスは、ナタリーに「事実がこうなのだから、君が不甲斐《ふがい》ないと思う必要はない」と話した。しかしナタリーとしては、ユリウスに全面の非があるような形になってしまったことに胸が痛くなってしまう。そもそも魔力暴走しているユリウスのもとへ向かうと決めたのは、ナタリーなのにユリウスが非を感じるのは違うのだ。

「ユリウス様、私が魔力をたくさん使用し今に至るのは——私の意思であって後悔《こうかい》はありませんの！　だから、ユリウス様のせいではないのです。ただ、ユリウス様のお力になれないことが、あまりにも歯がゆくて……」

「……ナタリー」

「……はい」

「もし可能であれば——俺の手を握《にぎ》ってくれないか？」

ナタリーはユリウスの意図が摑めてはいなかったが、彼の手を握ることに不快感はないため——その言葉に応えるように、ぎゅっとユリウスの片手をナタリーの片手で握った。

するとユリウスは、花が咲《さ》いたようにナタリーにほほ笑《え》みかける。

「君が言った通り、こうして君の温かさを感じると——なんだか勇気が湧《わ》いてくるな」

「——あ！」

「俺も君と同じく歯がゆく思っていた……君が熱で倒《たお》れた時、俺は君を癒《いや》すことも治すこともできず——ずっと無力な気持ちだった」

ユリウスが紡いだ言葉から、ナタリーは今世でファングレー邸《てい》へ訪《おとず》れたばかりの頃を思い出した。以前の生を思い出し、嫌《いや》な記憶《きおく》に囚《とら》われて動けなくなったナタリーに、ユリウスが手を握ってくれた時のこと。ユリウスもまた、あの時のナタリーと同じように、言い出しづらいものがあったのだと感じた。ユリウスが語る想いにナタリーは耳を傾ける。

「俺はこの通り、戦うことしか能がない。しかし、本当は君を癒せる力があったら……そう何度も願わずにはいられなかったんだ」

「ユリ、ウス様……」

「それに……君の強さは全く消えてなどいない」

ユリウスはそう話すと、ナタリーに握られている手を胸元に引き寄せて、ナタリーの手を改めて両手で包み込んだ。すると、ナタリーの暗い気分を晴らすようにぽかぽかとした温もりが、心へ流れ込むような感覚を持った。

「今日だって、君はクロード殿下《でんか》に正面から対峙《たいじ》した。……俺はいつも、殿下に逆らえず――君の言う〝犠牲《ぎせい》〟になってばかりだった」

「……！」

「しかし真っ向から、殿下の言葉を否定した君を見て……俺は拘束《こうそく》から解かれたような思いだったんだ」

ユリウスが話す内容に、ナタリーは胸がぎゅうっと締《し》め付けられる。これほどまでにナタリーのことを細やかに見てくれて、しかも自分を勇気づける言葉を紡《つむ》いでくれる。その言葉には、彼の真っすぐな気持ちがありありと表れていて、ナタリーの胸の中へストンと入っていくのだ。

「その……俺がそうは言っても——君の気持ちは君自身のものだ。だから、少しでも君の心が晴れるように……こうして、側にいながら君の心を理解して支えになれたらと、思う」

「……ユリウス様、ありがとうございます。私もユリウス様の言葉、そして想いにすごく救われておりますの。こうして話さないと、やはり分からないことだらけですわね……これからも、ユリウス様と共に、互《たが》いを支え合えたらと——私は思っておりますわ」

「ああ、そうだな」

ユリウスが応えるように、ナタリーの手を包んだ両手にぎゅっと力を込める。その瞬間《しゅんかん》、ナタリーとユリウスの手の中から淡《あわ》い光が溢れんばかりに生まれ始める。その光をナタリーもユリウスも呆気《あっけ》に取られたようにじっと見つめていれば——だんだんと光は小さくなっていき、消えた。あまりの出来事に、ハッとして互いを見合ったあと。

「だ、大丈夫《だいじょうぶ》かナタリー!? 何か異状や不快感はないか……!?」

「え、ええ！　私は大丈夫ですが、ユリウス様は……」

「俺も何も問題はない……しかし」

ナタリーもユリウスも、突然《とつぜん》起きたことに対して頭が追い付いていなかった。どこか混乱しながらも、ナタリーはふと自分の身体《からだ》がいつも以上に軽い気がした。なんだか、身体の底から力が湧いてくるような感覚。

（もしかして、今なら……！）

「ユ、ユリウス様」

「どうした……？」

「一度、魔法《まほう》を試してみてもよろしいでしょうか？　今日お怪我《けが》をされた腕《うで》に……」

「っ！　あ、ああ……！」

ナタリーがそう言葉を紡ぐと、ユリウスはすぐさま了承《りょうしょう》の返事をして――先ほど、使用人たちによって塗《ぬ》り薬を塗られた箇所《かしょ》をナタリーのもとに出した。相変わらず、腫《は》れや赤みが酷《ひど》く残っているそこへ、ナタリーは手をかざす。

（――どうか、火傷《やけど》を癒して……！）

ナタリーが、自身の体内で魔力が流れ出したことを実感したその瞬間。手をかざしていたユリウスの腕――そこにあった火傷からみるみるうちに赤みが引き始めていることに気がつく。その様子を、ナタリーもユリウスもじっと見つめてしまっていた。そして数分ほどナタリーが魔法を発動させたのち、ユリウスの火傷は跡形《あとかた》もなく消えたことが分かった。

「ユリウス様、お身体は……」

「君のおかげで、もう火傷は全く痛くない。そうか、魔法が使えるように……よかった

「……っ！」

ユリウスは自分の身体をしげしげと見つめてから、ナタリーに感極《かんきわ》まるように声をあげた。自分のことのように喜んでくれるユリウスに、ナタリーもとても嬉しくなり——自然とほほ笑みを浮《う》かべていた。すると、ユリウスがハッとした顔でナタリーを見つめる。

「本当にどこにも違和感はないか？　熱は……？」

言われてナタリーも、確かに……と首を傾げた。

以前は熱を出したのが嘘のように、ナタリーは至って健康体だ。体調が悪いどころか、むしろ元気がありあまっているくらい身体に活力がみなぎっている。

頭を不安が支配していた先日と違って、ユリウスの手の温もりに安心していたからだろうか。

（まだ身体の中で、魔力が流れている感覚があるわ）

癒しの魔法を一回使っただけでは、魔力は全《すべ》て減らないということなのだろう。フランツから教えてもらった方法が意図せずして成功してしまうなんて。ユリウスもナタリーと同じことを思ったのか、「たとえ偶然だとしても、本当に良かった」と言葉を口にした。

「もしかしたら、先ほどの手から溢《あふ》れた光が……魔力が渡《わた》っている証《あかし》なのだろうか……？」

「確かに、そうかもしれませんね」

「だが、無闇《むやみ》に何度も試すのは危ない。ひとまず、至急フランツへ連絡《れんらく》しようと思う。きっとこの状況《じょうきょう》を一番詳《くわ》しく知っているはずだから」

「はい……！」

善は急げとばかりにユリウスは、執事《しつじ》にフランツと連絡をとるように指示をした。フランツならきっとすぐにでもファングレー邸へ来てくれるはずだとユリウスはナタリーに話した。この前もエドワードに訪問があると言われた直後に、フランツはファングレー邸へやってきていた。建国祭まで残り僅《わず》かな中で、この変化はきっと良い前兆のように思えた。


怒濤《どとう》の一夜が明けた翌日。ユリウスと朝食を摂《と》ったのち、ファングレー邸は騒《さわ》がしくなった。それは――。

「団長！　どうか、来ていただけないでしょうか……っ」

「……」

ナタリーとユリウスは、ファングレー邸の玄関《げんかん》にいた。そこには漆黒《しっこく》の騎士《きし》団の鎧《よろい》をまとった騎士がいたからだ。彼は、慌《あわ》てながらそして懇願《こんがん》するようにユリウスへ言葉を紡ぐ。

「マルク団長が……クロード殿下に無理難題を押し付けられたのです。今まで、他《ほか》の騎士団の騎士たちが放置していた地域の賊《ぞく》を――代わりに一掃《いっそう》しろ、なんて」

「俺は今——休職中の身だ。それにマルクも実力者なのだから、賊の一掃くらい……」

「確かに、他の団員と一緒《いっしょ》に行ったのなら問題ないでしょう。しかし殿下は、マルク団長ただ一人に命令を出し——他の騎士が付いていくのを許さないと……」

「……」

「多くの団員は、家族を養っており……世話になったマルク団長に付いて行きたい気持ちは山々ながらも——殿下に職を追われる可能性があり、動くに動けない状況になってしまったのです」

「なるほど……」

「ここに来たのは、独り身で失うものも——自分で言うのも悲しいですが、少ないのが俺一人だったので……。マルク団長には黙って相談に来ました」

「……」

「漆黒の騎士団から離れられた団長を頼るのは、お門違いなのはわかっています。それでも……団長ならなんとかしてくれるかもしれないと……」

そこまで口にした漆黒の騎士団員は、暗い表情となって口をつぐんだ。ユリウスも状況を理解しているようで、「殿下の仕業《しわざ》か……」と口にして手で頭を押さえていた。

「どうしてマルク様を……」

ナタリーとユリウスを狙ってまた何かをしてくることは予想していたが、まさかこんなことになるなんて。クロードはいったいどういうつもりなのだろう。

先日話したマルクの憂《うれ》い顔が脳裏をよぎり、ナタリーは胸元で手をぎゅっと握りしめる。

その横でユリウスがぽつりと声をこぼした。

「大切な人が危険にさらされる、か」

「え？」

「いや……以前殿下にそう言われたんだ。ナタリーのことを言っているのだと思っていたが、もしかしたら俺と親しい者は皆当てはまるのかもしれない。マルクは優秀な騎士だが……立場で言えば、殿下が最も陥れやすい人間だ」

はっきりと口にはしないが、ユリウスの険しい表情からはマルクの身を案じていることがひしひしと伝わってくる。けれど、ユリウスは何かを迷ってすぐに決断できないでいる。ナタリーには、それが自分の身を心配してのことだとわかっていた。

本当に、クロードはユリウスを揺《ゆ》さぶる術《すべ》をよく知っているのだろう。そして、それゆえにマルクの命を危険にさらしているのだとしたら――ナタリーも絶対に許せそうにない。

ユリウスは漆黒の騎士団員に少しだけ外で待機するように命じてから、その場で今後について思案する様子を見せた。そんなユリウスにナタリーは、自然と言葉を紡いでいた。

「ユリウス様、マルク様のもとへ行ってきてくださいませ」

「っ⁉　それは……。ナタリー、殿下の目的はあくまで俺たちのはずだ。それならば、これは君をここに一人で残すことを意図した罠かもしれない」

「……ええ。確かにその可能性はありますわ……けれど、ここは多くの騎士に守られていますし――なにより私は、ただここで待ち続けるつもりはないんです」

ナタリーの言葉を聞いて、ユリウスは目を見開く。そして、ナタリーの言葉を待つ彼の目をしっかりと見つめ返し、ナタリーは言葉を口にした。

「この屋敷で一番隠《かく》れるのに適した場所を教えてくださいませんか？　もし外から誰かが来ても、そこでなるべく時間を稼《かせ》いでみせます――それに、私の魔法は一つだけではないことを……ユリウス様はご存じですよね？」

「……ナタリー」

「ユリウス様、おっしゃいましたよね。誰《だれ》かのためにではなく、どんな決断をする時も、自分が納得《なっとく》していなければ、それは間違《まちが》いだ……と」

「っ！」

クロードに招待された時に、ユリウス自らが言った言葉をナタリーが話したことで、憑《つ》き物が取れたようにユリウスの瞳《ひとみ》から迷いがなくなり――ナタリーへ優《やさ》しく頷《うなず》いた。

「ああ、そうだったな。君のおかげで決心できた――ありがとう、ナタリー」

「い、いいえ……！　私もユリウス様の言葉で気づかされることが多いですし」

「それでも、そう言ってくれることが本当にありがたいんだ。俺は君に誇れる自分でありたい。それに今日を乗り越えれば、きっとフランツが到着して力になってくれるだろう」

「心強いですね」

「それと――エドワード殿下《でんか》にも連絡をしておこう。この事態は緊急《きんきゅう》を要するゆえに、何かあればきっと助けになってくれるだろう」

ユリウスの言葉にナタリーは、確かにと納得をした。仮にもナタリーはフリックシュタインの王子が連れてきた客人だし、事態は国の今後にも関《かか》わる可能性があるのだ。それにエドワードは、夜会の際に困ったことがあれば連絡して欲しいと言っていた。今こそ、その時なのだとナタリーはユリウスの言葉に同意するように頷いた。

「君が隠れる場所だったな……それならば、とっておきの場所がある」

少し言い淀《よど》みながらも、ユリウスは「応接室にある隠し部屋」について説明した。そこは元義母と、元宰相《さいしょう》が秘密裏《ひみつり》に使用していた部屋だったと言われ――ナタリーはハッとした。彼らは、ユリウスの魔力暴走を利用しようとしてファングレー邸《てい》で密会していたのだ。まさか、そんな部屋があったとは……。

「皮肉だが、そこがこの屋敷で一番隠れやすい部屋だろう。知る者もほぼおらず見つけるのも難しい。だから……確かにそこなら何かあっても身を守りやすいはずだ」

「そうなのですね。ではそこで私は、ユリウス様の帰りを待っていようと思います」

「必ず、君のもとへすぐに戻る」

「はい、信じております」

ナタリーと言葉を交《か》わしたユリウスは、早速《さっそく》というように――執事へフランツの時と同様に、エドワードへの連絡を命じる。そして屋敷で一番ナタリーと過ごすことの多かった使用人一人に隠し部屋の存在を明かし、ナタリーの世話をするように告げた。一刻を争う事態のため、ユリウスはすぐさま準備を済ませ――見送るナタリーの方へ視線を向けると。

「行ってくる……！」

「はい……！　お気を付けていってらっしゃいませ」

そう見送りの言葉と共に、ユリウスをナタリーは送り出した。そしてユリウスから指示を受けた使用人と共に、すぐにこっそりと隠し部屋へと向かう。使用人が先んじて扉を開けて、ナタリーがその中へ足を踏《ふ》み入れるとそこは応接室よりも小さいながらもしっかりと掃除《そうじ》が行き届いた部屋であった。ただ、秘密の会談をするためなのか窓が一切《いっさい》ない。部屋のどこに隠れようか使用人と相談しようとした瞬間《しゅんかん》。

「どこなら見つかりにくいかしら――っ!?」

ナタリーの首元に、大きな力が加えられ――視界が真っ暗に染まっていく。そして身体《からだ》の自由も利《き》かなくなり、重力に従うままに地面へと身体が倒《たお》れていく。

（そういえば――あの使用人は……）

残る意識の最後の際に、フランツが訪問してきたときにあった不審な出来事を思い出す。

「応接室の側《そば》に待機できない」と言いながら、ナタリーが倒れた際には真っ先に現れた使用人。今側にいるのは、その言動が不一致《ふいっち》だった使用人なのだと気が付いた時には――意識を手放してしまっていたのであった。

ナタリーの意識がふっと浮上《ふじょう》する。ゆっくりと目を開けば――そこは見慣れない絨毯《じゅうたん》が敷《し》かれた豪奢《ごうしゃ》な部屋だった。そして、なぜか部屋を二分するように、眩《まばゆ》い光の格子《こうし》が立ちはだかっており、その向こうで誰かの話し声が聞こえる。恐《おそ》る恐る起き上がると、ちょうど格子の向こうにある扉から二人の人物が入ってきた。

「おや……どうやら、フリックシュタインの令嬢《れいじょう》が目を覚ましたようですよ」

声を発した人物は、ナタリーが最後に見た使用人ではなかった。使用人よりも高貴ないで立ちで――見覚えのある顔にピンときた。彼は……クロードの側近だ。そして、側近の視線を追って、彼の後ろから現れた話し相手へと目を向けると。

「おお、そうか。手荒《てあら》な真似《まね》をしてしまってすまないのう……令嬢」

「……っあ、あなた様は――」

「こうして相まみえるは、初めてになるか……儂《わし》の息子《むすこ》が邪魔《じゃま》してくれたおかげで挨拶《あいさつ》が遅《おく》れてしもうて……」

目の前の人物の言葉を理解したナタリーは——頭に激震《げきしん》が走った。クロードとマルクによく似た目元、そしてその人物から発される言葉から……目の前に立っている人物がセントシュバルツの現国王だということが分かったからだ。ナタリーは無意識のうちにゾッとする。

(どうして国王様が、ここに……そもそもなぜ、こんなことを)

ナタリーが窺《うかが》うように、国王へ視線をやったためか——国王は「か弱き令嬢にこうした無体を働いてしもうて、本当に心苦しい」と話し始めた。

「何もかもすべては、そなたの後ろにいる儂の息子のせいじゃ」

「……え?」

ナタリーは国王が言う方へ視線を向け、驚愕《きょうがく》してしまう。なぜならナタリーの後方には、奥行きがあり——少し距離《きより》を開けて服がボロボロになるまで身体を傷つけられたクロードが、倒れていたからだ。

「まったく……気絶するまで、儂に歯向かおうとするとは——生意気な息子じゃ」

「……え?」

「目をかけてやっていたというのに……儂すらも排斥《はいせき》しようと画策しよったから——少々、懲《こ》らしめる必要があってな。側近であるそなたのおかげで、ようやく不意をつくことができたわい。感謝する」

「もったいなきお言葉です――陛下」

国王は、肩《かた》の力が抜《ぬ》けたかのように――生き生きと言葉を紡《つむ》いでいく。彼は、ずっとクロードが自分の邪魔をしてきたこと、そしてなかなか隙《すき》を見せないせいで拮抗《きっこう》状態が続いていたことを説明した。クロードをこうして閉じ込めるまで苦労した、と清々した様子で話していた。

「しかし、これほどまでに優秀《ゆうしゅう》な――セントシュバルツらしい跡継《あとつ》ぎもおらん。だから、首輪をつけ――ちゃんと飼おうと思ってな」

「か、飼う……？」

「うむ。そなたにも見えるじゃろう？　この格子はフリックシュタインの者に秘密裏に作ってもらった代物《しろもの》でな。魔法で作られた格子なんじゃ――いわば、猛獣《もうじゅう》を飼いならすための檻《おり》とも呼べるじゃろうがのう」

「っ！」

「ああ、そんなに怖《こわ》がらなくても大丈夫《だいじょうぶ》じゃ。そやつは、そう簡単には目を覚まさん。それに――そなたがここにいるのは、ファングレーが儂に従うまでの間だけじゃ」

「え……!?」

「いやはや、クロードもファングレーも儂に魔力暴走を止めた令嬢を秘匿《ひとく》するとは――悲しいのう。しかも、そなたはファングレーの魔力暴走を止めた代償《だいしょう》に魔法が使えなくなったんじゃろう？」

「な、何故《なぜ》それを……！」

「ファングレー家には代々、王族のスパイを忍《しの》ばせておる。ゆえにファングレーの動向はすべて筒抜《つつぬ》けじゃったのじゃが――あやつめ、鼻が利くのか……魔力暴走が収まったのち一斉《いっせい》に使用人たちを解雇《かいこ》しよったから……一人忍ばせるだけになってしまったわい」

国王の言葉で、ナタリーは今まで不可解だった使用人が王族のスパイだったことに合点がいった。定期的に、ナタリーやユリウスの現状を――ナタリーを気絶させたあの使用人が国王に報告していたのだろう。そう思うと、屋敷《やしき》の中でさえ安心できないファングレー邸《てい》に悲しみを感じた。

「一人だけじゃと、たいした情報を得られず残念に思うておったが……しかし、こうして――そなたがファングレーの弱みだと分かったのだから、十分じゃな」

きっと国王は、ナタリーを不憫《ふびん》に思ってこうもたくさん話しているのではない。クロードという脅威《きょうい》が取り除かれたこと、そしてナタリーに敵愾心《てきがいしん》を持たせぬよう、気力を折ろうとしてわざわざ高らかに話しているのだろう。こうしたやり口は、元宰相《さいしょう》の一件で痛いほど学んだのだ。

「クロードが、ファングレーとそなたに集中していたおかげで、容易に不意をつけたわい……感謝するぞ」

そう言って国王はナタリーに一見優しげな笑みを向ける。

「何度も恐ろしい目に遭わせてしまってすまなかったな。――ファングレーの弱みと知っていれば、もっと他に打つ手があったというに」

「ま、まさか……馬車を襲撃《しゅうげき》したのは――」

「ほっほっほ、怪我をしたファングレーであれば捕らえるのも容易いかと思うたのじゃが……まったく、あっぱれな強さよ。じゃが、そのおかげで、あやつを頷かせるにはそなたを捕らえるしかない、と確信できた。――賊を討伐し、屋敷にそなたがいないことに気づいたファングレーは、さぞ慌てた様子でこの王城へ来るのであろうな」

そして、一度でも王族に剣を向ければ――。国王の意図を理解したナタリーは青ざめる。

「あ、あまりにも――ひどいですわ……！」

「……ふむ。所詮《しょせん》は令嬢じゃから、知らぬだろうが――互《たが》いに蹴落《けお》とし合うのがセントシュバルツじゃ。自らを守るは自らのみ――ゆえに、従えるべきものは従える」

「――っ！」

「さあて、もうそろそろファングレーが城に到着《とうちゃく》するじゃろうから――今度こそ儂の人形とするべく、直属の騎士にせねばな」

国王は悪い笑《え》みを浮《う》かべながら、ナタリーにそう話したのち――クロードの側近と共に、

「……っ」

扉《とびら》を開けてこの場から立ち去って行った。そして、この場には倒れて気絶しているクロードとナタリーだけとなる。閉じ込められてしまったナタリーをあざ笑うかのように、光の格子が怪《あや》しく輝いているのであった。

第六章　あらがう先に

監禁《かんきん》されてしまったことから、ナタリーは改めて自分の状況《じょうきょう》を整理しようと――光の格子に目をやる。セントシュバルツ国王は、この格子が魔法でできていると、ご丁寧《ていねい》に説明してくれた。

（魔法でできている……のならば……）

ナタリーは頭に思い浮かんだ方法を確かめてみるべく――格子に手をかざして「魔法を無力化する」魔法を発動させた。癒《いや》しの魔法と同じく久方ぶりに使用する魔法だったため、いささか不安があったが……ナタリーが以前使用していた時の記憶《きおく》を手繰《たぐ》り寄せながら発動すれば、格子の光が徐々《じょじょ》に淡《あわ》くなっていくことが分かった。そして、扉までの邪魔な障害物はあっという間になくなる。

国王がファングレー邸へ送っていたスパイが、フランツが訪《おとず》れた時のナタリーの状態を報告していたからこそ、こうした格子があれば問題ないと踏《ふ》んだのに違いない。そもそもナタリーは癒しの魔法だけを使用すると思っていたのだろう。こうした魔法の格子で監禁すれば問題ないと高をくくっていたのか監視《かんし》の騎士などは室内にいなかった。今こそ、逃《に》げ出すには絶好のチャンスのはずだ。

（これで、ユリウス様のもとへ……！）

　そう意気込んで、扉の方へ一歩足を踏み出した時。

「う……っ」

「っ⁉」

　ナタリーの背後で、クロードのうめき声が聞こえた。思わず声の元を確認《かくにん》するようにナタリーは、ずっと考えないようにしていた存在に視線を向ける。部屋の壁《かべ》に寄りかかるようにして気絶している彼は、動くのも難しそうなほど身体《からだ》のあちこちに怪我《けが》を負っている。生かさず殺さずな塩梅《あんばい》で、国王が彼を痛めつけたのだろう。

　そんな痛々しそうな彼を見ると、気の毒な気持ちが湧《わ》いてくる。しかし彼は何度もナタリーとユリウスを手中に落とそうと画策していたのだから、別にここで置いていったって問題はないはずだ。そもそもユリウスが国王に脅《おど》されてしまうかもしれない状況の中、悠《ゆう》長《ちょう》に時間を浪費《ろうひ》してはいられない。

（だから、倒《たお》れている彼をそのままにする――それがいいと、分かっているはず……なのに）

　扉へと二、三歩近づくと、ナタリーの足の進みは止まってしまう。先ほど国王から聞いた話によれば、クロードはセントシュバルツ王家によって犠牲《ぎせい》となった一人だと考えられる。それは国王の手先になるための——ある種、ユリウスに強《し》いられた犠牲と同じだ。だから、足が重く感じるのは彼に同情してしまっているからなのだろうか。

(けれど……そんな曖昧《あいまい》な気持ちで、彼のことを思いやるなんて——あまりにも無責任だわ)

今はすぐさまここから出て、どうにかしてユリウスのもとへ向かうべきで——。そう思えば思うほど、ナタリーはその場に縫《ぬ》い付けられてしまったように動けなくなってしまう。そして脳内では、もし自分がここを離《はな》れたら——クロードの犠牲は仕方なかったと見捨てることになるのでは、と疑問が生まれた。

ナタリーは自身の唇《くちびる》をぎゅっと引き結ぶ。そして決心したように、扉から踵《きびす》を返して元々いた場所の方へ足を向けた。他《ほか》の人に情けをかける余裕《よゆう》なんてない——現状は重々分かっているのだが、綺麗《きれい》ごとと罵《ののし》られようとも……ナタリーは譲《ゆず》れないものがあるのだ。

「少しでも可能性を広げたい」とそう言ったからには、自分の信念を曲げたくはない。目の前の倒れた人を置いて、この場を後にするのは——それこそ、ナタリーが否定をした「犠牲」を容認することになるのだから。

(それにこれは、打算だってあるわ……彼の協力を得られれば、この城の地理を把握《はあく》できるはず)

セントシュバルツ王城に数度しか来たことがないナタリーにとっては、今いる部屋ですら――いったいどこなのか見当がついていない。そんなナタリーが城内をぐるぐる回ったところで、無駄《むだ》に時間を浪費してしまうのは明らかなのだ。

そうした思惑《おもわく》もあって、ナタリーは気絶しているクロードへ真っすぐに近づき、自身の手をかざして癒しの魔法を発動させる。全身に酷《ひど》い怪我を負っているため、上半身から治すことに注力した。すると破れた服の先から見えていた――裂《さ》けた皮膚《ひふ》がみるみるうちに修復していき、傷が癒《い》えていく様子が分かった。無事に魔法が発動している様子に、ナタリーがホッと胸をなでおろしていると――クロードの閉じられていたまぶたがピクリと動き、ゆっくりと目が開く。

「……こ、こは……」

「……っ！　意識が戻《もど》ったのですね……！」

「ナタリー……？」

「はい。そうです――今、殿下《でんか》の怪我を魔法で治しておりますので……近づく無礼をお許しください」

クロードはまぶたをぱちぱちと動かし、ナタリーが側《そば》にいることに驚《おどろ》いていた。そして思わずといった様子で、彼は口を動かした。

「君は……俺を、治療《ちりょう》しているのか――？　敵である俺を……？」

「……変、でしょうか？」

「ああ、変だな――理解に苦しむ……しかし、周りを疑って警戒《けいかい》していた俺がこの様だからな……俺が言えた義理でもない、な……」

「先ほど、国王様から――ここに私たちを捕《と》らえた経緯《けいい》を聞きましたわ」

「ふっ……そうか。ならば――俺が、側近に裏切られ……父上に出し抜《ぬ》かれていたこともすでに聞き及《およ》んでいるのだな」

「……」

「ユリウスが俺の側にいれば――こうした裏切りはなかった……のだろうか……」

ナタリーはクロードが吐《は》き出すように紡《つむ》いだ言葉に、胸を痛めた。彼は確かに、ナタリーとユリウスを取り込もうと動いていて、ナタリーたちはその動向に頭を悩《なや》ませていたが……だからといってこうして身体的な苦痛を背負ってほしいと願っていたわけではない。クロードに掛《か》ける言葉がなく、黙々《もくもく》と癒しの魔法をかけ続けていれば――クロードがぽつりと言葉をこぼした。

「まさか、自分が計画したことで首を絞《し》められるとは……本当にみじめなものだな。ユリウスと手合わせをした時も、国王からの指示が側近へと渡《わた》っていたことに――俺は気づけなかった」

「……え」

「どうやらあの日に、父上はスパイからナタリーの存在を聞いていたようでな。ユリウスにとって、ナタリーがいかほどの価値があるのか確かめようと——訓練場の屋根に細工をするよう……指示していた」

「……！」

「茶会を王城で開催《かいさい》した日も——元々はナタリーが火傷をしかけただろう？　あの頃《ころ》には、ナタリーを人質《ひとじち》にしたほうが効果的だと、父上は分かっていて——俺が先にナタリーに手を出せぬよう、ユリウスの俺に対する不信感を煽《あお》るために行ったらしい……そう聞いた時にはすでに、俺は父上の騎士《きし》たちに隙《すき》をつかれて囲まれてしまっていた」

「それ、は……」

「悔《くや》しいが、君が言ったことは正しかった。上に立つ者であっても間違《まちが》いを犯《おか》す、と。権力によって気が大きくなり、俺は視野が狭《せま》くなっていた」

「……」

「けれど、そうと分かっていても。俺は——やはり権力を持つことには大きな意義があると思っている。そうでなければ、なぜ俺の母は——犠牲にならなければならなかったのか」

「殿下のお母様……？」

クロードは天井《てんじょう》を見上げながら——おもむろに口を開いて、彼自身の昔話を語った。それは、クロードがまだ幼き頃の話だった。父親である現国王には三人の妃《きさき》がおり、クロードとマルクは、第三妃の息子《むすこ》として生を受けた。しかし彼らを取り巻く、セントシュバルツの王城は決していい環境《かんきょう》とは言えなかった。

自身の子を世継《よつ》ぎにと考えている中で生まれる熾烈《しれつ》な競争は、王妃《おうひ》たちを筆頭に子どもたちにも影響《えいきょう》を及ぼしていた。自らが次なる王にふさわしいと、アピールが苛烈《かれつ》になり、引きずり落とし合う空間。しかもフリックシュタインとは違い、魔法《まほう》よりも武力を得意とするセントシュバルツは、力を見せつけ合うために剣《けん》での闘争《とうそう》があるほど血気盛んな国柄《くにがら》だった。

「王城は、母には——酷《こく》な場所だったよ。俺やマルクの怪我を、自分以上に心配する人だからこそ……優《やさ》しすぎるからこそ、ダメだったんだ」

「ダメ、だった……？」

「ああ。父上の説得に失敗した母は、話し合えば分かり合えるはずだから——そう言って他の妃に、相談をしに行ったのさ。まさか自分が命を落とすことになるとも知らずにな」

「……!?」

クロードの発言に、ナタリーは胸が痛んだ。確かに弱肉強食な雰囲気《ふんいき》がある国だとしても、まさか王妃たちにもその牙《きば》が向けられてしまうなんて。ナタリーの予想を物語るように、クロードは乾《かわ》いた笑いを浮《う》かべながら「互《たが》いの息子を傷つけ合わないという約束を交わすための会合で、出された食事に毒が仕込まれ、殺されたんだ」と話した。

「国王は強い跡継《あとつ》ぎにしか興味がないからな……母親さえいなくなれば、その子を消すとは容易《たやす》いと思ったんだろう――そんな現状に、俺は……力さえあればすべてを守れると、そう思ったんだ」

しばしの沈黙《ちんもく》ののち――暗い表情になっていたクロードは再びゆっくりと口を開くと。

「だから武力と魔法で王族内の誰《だれ》よりも強くなって、セントシュバルツ流のやり方で、母を貶《おとし》めた奴《やつ》らを見返してやった」

「っ！」

「呆《あっ》気《け》ない奴らの終わり方には、空《むな》しさも感じたが――それ以上に、人は力に従う本能的な生き物だということに気が付いたのさ。俺は、魔法、武力、権力をもってして人を従える。これ以上、母のような被害者《ひがいしゃ》を出さず、腐敗《ふはい》した行いが起こらないようにするために、そのために力が必要なんだ」

「だから、ユリウス様も従えたい――そういうことですか？」

「ああ――ユリウスを取り込み、国力を増やせば腐敗したものを叩《たた》くことができる……手始めに、父上を打倒《だとう》し――母の雪辱《せつじょく》を晴らす。俺は父を越《こ》えた暁《あかつき》に、ようやっと前を向けるようになり、守れる範囲《はんい》も広がるだろう」

クロードの言葉は確かに聞こえがよく、「多くのものを守れる」という点は確かにそうなのだろう。しかしそれはあくまで、クロードが考えている「守りたいもの」だけだ。力で制するということは、間違いなく反発を生むだろう。過去のクロードがそうだったように——そしてフリックシュタインの過去にあった元宰相《さいしょう》一族のことにも言える。ナタリーは、今自分が考えたことに間違いがないか……おそるおそるクロードに向けて言葉を紡いだ。

「そのために、戦いが起きて従わせた者が血を流そうとも……構わない、と?」

「……そうだ。母もそうだったが戦いを嫌《いや》がる気持ちは分かる——しかし、そうでなければ搾取《さくしゅ》されるのみだ。それにセントシュバルツが力を得ることで、フリックシュタインすら守れる力になるだろう。だからこそ、ナタリー……君にも理解してほしいんだ」

クロードはナタリーにゆっくりとそして気づかわしげに、語り掛けてきた。彼の言う通り、力によって周りを正すということは一定の効果があるのだろう——けれど。ナタリーは、少しの沈黙ののちクロードの青い瞳《ひとみ》をしっかりと見ながら、口を開いた。

「理解できませんわ」

「……なに?」

ナタリーの言葉を聞いたクロードは、先ほどよりも冷ややかな口調で返事をしてきた。しかしそんな彼に恐怖《きょうふ》している場合ではないと、ナタリーは力強く彼を見つめた。

「お言葉ですが、殿下がおっしゃるやり方だと不幸を多く生むことに気づかれておりますか？」

「不幸、だと？」

クロードの話を聞いているうちに、ナタリーは以前の人生を思い出していた。王命でファングレー家へ嫁《とつ》がされ、発言権がなく力の弱いナタリーは元義母の言いなりで、鬱屈《うっくつ》した日々を送っていた。力が強いものに従うということは、「力が強いものに賛同している仲間内」だけであれば、文句はないだろう。しかしその範囲がひとたび崩《くず》れ、そもそも力を持つものが悪いことに力を振《ふ》るうことだってあるだろう。そうした負の可能性が存分に含《ふく》まれているのだ。

なにより今の人生でやっと「生きていることのかけがえのなさ」そして「大切な人の存在」を実感できた――この経験は、過去にはできなかったもの。そして彼の話を否定する紛《まぎ》れもない事実なのだ。

「ええ。力ありき、戦いありきで服従させていくということは――意思を持たない、虚《うつ》ろな生き方をせよと、そうおっしゃっているように思います」

「……ふっ、それは君の主観なのだろう。他《ほか》の者は違う」

「……ならば、殿下《でんか》のお母様は」

「俺の母……？」

「殿下はご自身のお母様を追いやった者たちと……同じ方法をなさろうとしています！」

「……っ」

「支配するために、あらゆる力を以《もっ》て人を制する。その末路は、悲しい結末が起きることを――」

「違うっ！　母に犠牲《ぎせい》を強《し》いたものたちに抗《あらが》うための力だ！　だからこそ、守れるものが……」

「いいえ！　現に殿下は、嫌がるユリウス様を従わせようとしておられますわ！」

「……！」

ナタリーは、心の底からあふれ出る思いを素直《すなお》に言葉に出す。クロードがやろうとしている方法に綻《ほころ》びがあることを、痛切に伝えると――クロードがハッとした様子になった。

その様子を見て、ナタリーはクロードこそ「力による方法で苦しめられている」のではないかと感じた。こうして想《おも》いや事実を伝えることで、母親に起きた辛《つら》い経験があるクロードが一番、この方法に抵抗感《ていこうかん》を抱《いだ》いているはずだ、と。

どうか考え直してほしいという気持ちをもって、クロードに言葉を紡《つむ》ぐ。そうしたナタリーの声に、クロードは眉間《みけん》に皺《しわ》をよせ逡巡《しゅんじゅん》しているようだった。そして少しの沈黙が続き――彼はナタリーの方へ、再び視線を向けると。

「ならば、君が証明してくれないか？」

「証明、ですか……？」

「ああ、俺は自らの目で見たことしか信用しない。もし君が、国王の策を打ち破り――ユリウスを救うことができるのなら……俺の考えを改めよう」

ナタリーはクロードの言葉について頭の中で考えを巡《めぐ》らせ――「これはまたとない機会」だと感じた。ずっとユリウスとナタリーに対して敵対するような脅《おど》しや行動をしていたクロードが、ここをきっかけにユリウスやナタリーを無理やり利用しようとしなくなるのであれば……。

（大きな一歩になることに、間違《まち》いはないわ……！）

ひとしきり、考え終わったのと同時に――ナタリーはクロードの身体《からだ》が癒《いや》しの魔法によって十分に治ったことを確認《かくにん》した。気が付けばだいぶ、魔力を消費することになってしまった。ユリウスから魔力を貰《もら》ったとて、ナタリーの魔力量は完全に回復したわけではないのだ。セントシュバルツ王城の地理にも疎《うと》く、現在使用できる魔法も魔力も少ないのだと――改めて自分の状況《じょうきょう》を理解する。だからこそ――。

「殿下――私たち、一時的に共闘《きょうとう》しませんか？」

「ほう？」

「殿下のお身体のお怪我《けが》もだいぶん癒《い》えましたので……この城で国王様が――今、向かわれる場所へ私を案内してほしいのです」

「……ふむ」

「国王様から、ユリウス様を今から脅しに行くということを聞きました。そのために私を利用して、意のままにするとのことも……これは殿下にとっても、よろしくない状況なのではないでしょうか？」

「確かに……な」

「だから共にその場へ向かえば、ユリウス様が動けない状況は解消されるはずです。そして殿下も、不祥事《ふしょうじ》を起こした国王様を捕《つか》まえやすくなりますわ」

ナタリーはクロードの青い瞳をじっと見つめて、真っすぐに言葉を紡いだ。するとクロードは一瞬《いっしゅん》目を見開いたかと思うと——。

「ふっ……君は……すごいな」

「え？」

「先日までは君を脅していた男だぞ。それなのに共闘を提案するとは……くっ……」

「で、殿下……？」

「クッ……はっはっは！　面白《おもしろ》い、気に入った」

クロードが笑い声を上げる中、ナタリーは唖然《あぜん》としてしまっていた。まさかクロードがこうまで笑うとは思わず、虚《きょ》を衝《つ》かれてしまっていたのだ。

「いいだろう！　共闘しようか、ナタリー」

「ありがとうございます……！」

「むしろ、俺の方が礼を言うのが――遅《おく》れたな。魔法《まほう》で俺を治療《ちりょう》してくれて感謝する」

そう言うや否《いな》や、クロードはすくっとその場で立ち上がって――床《ゆか》に座っているナタリーに「失礼する」と言葉を告げてから、跪《ひざまず》いてナタリーの手を恭《うやうや》しく掬《すく》うと。

「クロード・セントシュバルツは、ナタリーを父上のもとまで案内すると約束しよう――そして此度《こたび》の国王の目論見《もくろみ》が瓦解《がかい》した暁には、メイランドへ無理な派遣《はけん》はしない」

「っ！　殿下――！」

まさかこうして態度を改めて、約束を口にしてくれるとは思わず――あまりの事態に、ナタリーがわたわたと驚《おどろ》いていれば、クロードはまるで悩《なや》みが晴れたように優《やさ》しくナタリーにほほ笑《え》みを向けて「さあ、行くぞ」と声をかけてきた。その声に促《うなが》されながら、ナタリーも急いで立ち上がる。

「ああ、それと――」

「は、はい」

「共闘ということは俺たちは、仲間ということだ――殿下ではなく、名前で呼んでほしい」

「……っ！」

「何かあった時に、俺が反応しやすいようになのだが――ご令嬢《れいじょう》には難しいか？」

「っ……く、クロード様……」

「そうだ、ちゃんと言えたな」

クロードの協力なしでは、ユリウスのもとへはたどり着けないこともあり——ここでクロードの機嫌《きげん》を損《そこ》ねても得はないだろうと思ったナタリーは、言いなれない言葉に違和感《いわかん》を感じながらも、しぶしぶと名前を呼ぶ。すると、クロードが満足そうにほほ笑んでいる様子が目に入り、先ほどまではクロードの考えが少し分かってきたように思っていたが——やはり彼のことは理解しきれていなかったようだ。そんなクロードが先陣《せんじん》を切るように、扉《とびら》の方へ向かうのでナタリーも彼について行く形で後ろを歩く。

「……俺たちを捕《と》らえた父上は、あまりにも——浮《う》かれていたのだろうか？」

「え？」

「扉の前には監視《かんし》の者がおらず、しかも——扉の外も誰《だれ》もいない」

「ま、まあ！」

監視の薄《うす》さに、クロードは呆《あき》れているようだった。クロードの言葉に、ナタリーはクロードを癒す前に——自分が魔法を使ったことで、格子《こうし》を消していたことを思い出した。

しかしこのことを話すと、変な追及《ついきゅう》にも発展しかねないと思ったナタリーは、愛想笑《あいそわら》いで乗り切ることにした。そんな中、クロードがとあることに気が付いたようで——ハッとなった。

「……だが、ここまで人を割《さ》いていないということは——あちらに父上の配下が集中しているのだろう……急ごう」

「は、はい……！」

クロードが静かに言い放った言葉で、ナタリーはユリウスのところへ早く向かわねばという気持ちが大きくなっていく。国王が武力で守りを固めたうえで、「ナタリー」という脅しの材料でユリウスを搦《から》めとろうとするなど——そんなことになるのは嫌《いや》だ。改めて決意を胸にしたナタリーは、クロードが指示する通りに道を進んで行く。

どうやら監禁《かんきん》されていた部屋は、王族専用の部屋を改造して使用していたようで、場所を把握《はあく》するとクロードはてきぱきと歩みを進めていく。そしてクロードが言った通り、国王が招集しているのか王城はもぬけの殻《から》と言っても過言ではないくらい——騎士《きし》の姿が見えなかった。

「父上は間違いなく謁見の間で、ユリウスを迎《むか》えていることだろう。ここまで城内に騎士がおらず——反抗《はんこう》するユリウスを御《ぎょ》するためにも一か所に集《つど》うことができる——謁見の間が一番利便性がいいからな」

「そうなのですね……」

「普通《ふつう》なら、謁見の間へは一か所の扉しか通じてはいない——そんな扉の前には父上の息がかかった騎士たちがわんさかいることだろう。そこを突破《とっぱ》してナタリーと共にユリウスのもとへ行くのはかなり難しい——が」

「……？」

「ナタリーは運がいいな。俺が国王と対立しているばかりに——謁見の間までの隠《かく》し通路が使えるのだから」

クロードはそう言うと、ニヤリと笑って——とある小部屋の扉を慣れた手つきで開けた。

そこは一見、使用人たちの掃除《そうじ》用道具入れだと思ったのだが……クロードが後ろの壁《かべ》を数回叩《たた》くと。

——ゴゴゴ……。

石の壁が、横へスライドしていく。そして目の前に現れたのは、上へと続く階段だった。

その階段の出現に、ナタリーは驚いて目を見開けば——クロードは「こっちだ」と言い、階段を上っていく。そんなクロードのあとを、ナタリーは急いで追う。壁が重々しい音を響《ひび》かせていたこともあり、階段を上ると——壁の所々が剝《は》げていたり、石片《せきへん》がボロボロと崩《くず》れていた。

「セントシュバルツ王族には、人を蹴落《けお》としあう文化があるからな。こうした他者を出し抜《ぬ》く通路を、先代が造っては秘匿《ひとく》され——その存在が隠されてしまう。しかし資料は残っていたりするからな、綿密に読み込んで見つけたんだ」

「な、なるほど……」

「ただ、かなり古い造りだから——足場が悪い。しかも秘密裏《ひみつり》な場所だからな……修繕《しゅうぜん》すら行えていないのが玉に疵《きず》だな」

「き、気を付けますわ」

「ああ、そうしてくれ。そしてここを上がると——玉座の上部に出る。普段《ふだん》はカーテンで隠されている空間だが——間違いなくユリウスに君の無事を見せることができるだろう」

「っ！」

「ほら、到着《とうちゃく》したぞ」

クロードがそう言ったのと同時に、小さな空間が広がった場所に出た。まるで屋根裏部屋のようなその場所の先に、少しだけ光が漏《も》れている場所があり——まるでこの部屋のガラスのない大きな窓のような——大きな大人がすっぽりとおさまる程《ほど》のステンドグラスがはめられそうな場所だった。外側に掛《か》けられている赤いカーテンを、クロードがそっと開けば——そこには、大勢の騎士に囲まれているユリウスとマルクの姿が見えた。

（どうにか、マルク様の救援《きゅうえん》に間に合ったのね……！）

二人とも怪我《けが》をしている様子はないが、周りの騎士たちが二人を警戒《けいかい》しているように取り囲んでいるため、物々しい雰囲気だ。加えて騎士という盾《たて》を構えながら、玉座に堂々と座る国王はユリウスをにやにやと見つめている。

「父さん——！　なぜこんなことを……っ」

「もとはクロードが始めたことよ。それを儂《わし》が、少し手を加えただけだ」

「……ナタリーは無事なのか」

「ふん……それは——ファングレー卿《きょう》の返事次第《しだい》だろうな。儂の直属の騎士となり、儂の手足になるというのなら——令嬢は無事でいられるだろう」

「……っ！」

ナタリーは、国王の言葉を聞き——すぐさま、クロードの方を見やると。クロードはナタリーの行動を支持するように、こくりと頷《うなず》いた。その反応を確認《かくにん》したナタリーは、勢いよくカーテンを開き。

「ユリウス様っ！　私は無事でございます……！」

ナタリーの声が玉座に響き渡《わた》り、その瞬間《しゅんかん》大勢の目がナタリーの方へ向けられた。そしてユリウスの赤い瞳《ひとみ》と目線を真っすぐに交《か》わす。

「ナタリーっ！」

「な、なぜ——なぜあの令嬢が、ここに……っ」

「俺も側《そば》におりますよ。父上？」

「ク、クロード……っ！」

「どうやら、父上には大変に裏切られてしまい……俺は悲しいです。しかも、側近にも裏切られてしまって……」

国王はナタリーだけでなくクロードの姿を認めると、信じられないものを見てしまったかのような反応をした。国王の隣《となり》にいた、クロードの元側近も恐怖《きょうふ》のためか青ざめている様子だった。予想だにしていなかったことというのが、国王や元側近の反応でありありと分かった。そしてクロードは、ナタリーに「危ないから、ここにいろ」と言葉を紡《つむ》ぐ。

「は、はい……？」

「俺は今からやることがあるからな」

クロードはニヤッと笑ってから、ナタリーにそう告げると。

「父上、お覚悟《かくご》を――っ！」

その瞬間、クロードは玉座へ向かって飛び出て行ったのだが――ナタリーはその行動に仰天《ぎょうてん》してしまう。なぜなら、ここから玉座の地上までは大人四人分ほどの高さがあり、普通の人間ならば重傷は免《まぬか》れない。それなのに、意気揚々《いきようよう》とクロードはそこから飛び出していく。

(しかも、剣《けん》などの武器は――身に着けておられなかったように……)

国王に捕《つか》まっていたのだ――クロードの装備品は没収《ぼっしゅう》されていたのか、監禁されていた部屋では彼の腰《こし》に剣は見当たらなかった。丸腰《まるごし》のまま、玉座の方へ乗り込むなんて無謀《むぼう》すぎるとナタリーが思わず、彼が出て行った先へ視線を向ければ。

――ダンッ。

「身体強化という魔法《まほう》は、セントシュバルツではメジャーだよな……ユリウス？」

「無茶《むちゃ》なことをされますね。殿下《でんか》」

「何、ただ——足を岩のように固くしたまでよ」

クロードは勢いよく飛び出した後は、玉座の地面へ急降下し——そのまま大きな衝撃《しょうげき》を伴《ともな》いながら派手に着地をしたのだ。クロードが着地した場所には、大きなへこみや割れ目ができてしまっていた。加えて、クロードの予期せぬ着地によって——その場の近くにいた騎士が腰を抜かしているのも分かる。そんな騎士にクロードは、人の悪い笑《え》みを浮かべたかと思うと——しりもちをついた拍子《ひょうし》に落ちていた騎士の剣を、事も無げに拾っていた。

（ま、魔法もすごいけれど——ちゃっかり武器も手に入れてらっしゃるわ……！）

あっという間に武装したクロードが降り立ったことで、国王が瞬時に玉座から立ち上がり。

「皆《みな》の者、何をしている……！　セントシュバルツ国の王として命じる——奴《やつ》らを捕《と》らえよ！」

「ほう？　父上は、私刑《しけい》で騎士に命令を……？」

「それがどうした……今ならば、少ない人数の貴様らを御することなど容易だ。口封《くちふう》じをさせてもらおう」

「殿下、今だけは一緒《いっしょ》に戦ってくれるということでよろしいでしょうか」

「ふん、愚問《ぐもん》だ」

「……ふっ。マルク！　行くぞ」

「ひ、ひぃ……ユリウス、俺はさっき戦ってたばかりなのに～」

圧倒的《あっとう》な人数差の中で、戦いの火蓋《ひぶた》がきって落とされた。ユリウス、クロード、マルクの前には五十名以上のセントシュバルツの騎士たちがいる。国王は、圧勝とばかりに高らかに笑ったのもつかの間。

――ドゴォオオン！

「……やるな、ユリウス」

「殿下にばかり、身体《からだ》を動かさせるわけにはいきませんから」

ユリウスが剣を構え、一閃《いっせん》を切り結ぶと――彼自身の魔法も伴って、大きな斬撃《ざんげき》波が生まれる。それによって、ユリウスの目の前にいた国王の騎士《きし》たちの半数が壁《かべ》に叩きつけられ……気絶して戦闘《せんとう》不能状態になっていた。そんな姿を見た国王は「ひ、ひっ……ば、化け物め」と、恐《おそ》れおののいているようだった。国王の隣にいたクロードの元側近は、あまりの力を目《ま》の当たりにしてその場で気絶してしまったようだ。しかし一方のクロードは、ユリウスの剣戟《けんげき》にニヤリと笑みを浮《う》かべて。

「さすがは、漆黒《しっこく》の騎士だな。しかしそうも大きな攻撃《こうげき》は何度も出せないだろう――これくらいなら、普通《ふつう》に戦ってもすぐに決着がつくな？」

「……ふん」

ユリウスの一撃を皮切りに、クロードとマルクも騎士たちへ応戦を始める。たった三人だけのはずが、彼ら一人一人の戦力が高いこともあり——次々と、国王の配下たちは地面へ倒《たお》れていく。しかし疲労《ひろう》がたまっているのか、マルクが泣き言をこぼす。

「連戦、つ、つらいよぉ……」

「騎士団長に一時だが——俺が推薦《すいせん》したんだから、その力を発揮しないとな？　マルク」

「に、兄さん⁉」

クロードにそう声をかけられたマルクは、どこかシャキッとした姿勢に戻《もど》り、再び剣を構えて攻撃を続けていた。マルクの表情には、驚《おどろ》きもあったが——嬉《うれ》しさが滲《にじ》んでいた。謁見の間にいる多くの人々が魔法を行使したり、剣撃を浴びせあっている戦況《せんきょう》によって想像以上の衝撃やその熱気がナタリーの方まで伝わってくる。

……ゴゴゴ——ッ。

（まるで地震《じしん》のように、地面が揺《ゆ》れてるわ……地震——？）

ナタリーが見守る謁見の間の方では、誰一人《だれひとり》として揺れているという違和感《いわかん》を持っている様子はない。なんだか嫌《いや》な予感がしたナタリーは、おそるおそる自分が立っているこの場所に視線を送れば——天井《てんじょう》からはピシピシと音が鳴り、石材の破片《はへん》がパラパラと落ちてくる。そうした状況《じょうきょう》で思い出すのは、先ほどクロードが言っていた「この場所の修繕《しゅうぜん》を全然行っていない」という内容。

（謁見の間でこんなにも大人数の戦闘を意図していなかったはずだから、もしかして支える設計が弱く――）

ナタリーの頭に嫌な想像がよぎっていく中、謁見の間を見渡《みわた》せる秘密の部屋は先ほどよりも地鳴りが酷《ひど》くなっていく。そして次の瞬間、大きな重い衝撃と共に――出口につながる階段が崩《くず》れていく様子が目に入った。焦《あせ》りや恐怖でいっぱいになりながらもいったいどうすれば――と思ったナタリーは、助けを求めようと玉座の方へ視線を戻す。

そうすると、ほとんどの騎士たちはユリウスたちによって倒されて――あと少しで片が付きそうな状況だった。そんな中、玉座にいる国王とナタリーは視線が合う。すると国王はニヤリと悪い笑みを浮かべたのち、側にあった玉座を照らす燭台《しょくだい》を手に持つと声を上げた。

「大きな音がすると思ったら――なにやら、大変そうだな。令嬢《れいじょう》」

「っ！」

「貴様らっ！　令嬢がなにやら危険に見舞《みま》われているぞ？」

国王は、そう高らかにユリウスたちへ声をかけると――玉座の後ろに垂れていたカーテンに燭台を投げ込む。その瞬間、火がカーテンへと移り轟々《ごうごう》と燃え始めている様子が分かった。

「ナタリーっ！」

ユリウスがすぐさま異変に気が付き、燃え広がる前にカーテンを自身の持つ剣で一閃を浴びせて切り裂《さ》いた。これによって、ナタリーのいるところにまで火の手は来なくなった一方で、この場の注目がナタリーへ向いた瞬間《しゅんかん》。国王は機会を得たとばかりに、逃《に》げ出していた——のだが。

「まったく、気の抜《ぬ》けない狸《たぬき》ですね。父上」

「ク、クロード……」

いち早く状況に気が付いたクロードが、国王の腕《うで》を拘束《こうそく》し地面へと押し付けていた。国王の逃亡《とうぼう》を防ぐことができたものの、依然《いぜん》としてナタリーがいる場所の崩壊《ほうかい》はますます進んでいっている。

「ユリウス！　ナタリーがいる場所は脆《もろ》くなっていて、今の戦いで支柱が壊《こわ》れたのだろう。……おそらく下へと繋《つな》がっている階段もやられている可能性が高い！」

「っ！」

クロードがユリウスにそう説明をすれば、ユリウスはナタリーの方へ視線を向けた。

「ナタリー……！　俺が今そっちへ——」

「……！　ダメです……！　来る頃《ころ》には崩れてしまいそうです……っ！」

「く……」

ナタリーだけでなく、外側からもナタリーがいる場所の騒々《そうぞう》しい音や土煙《つちけむり》が舞《ま》っている様子が見て取れた。このままでは瓦礫《がれき》に呑み込まれてしまう可能性が高いことに、ナタリーは思い至り――嫌な汗《あせ》が背中に流れた。けれど、この場所から出るとしても、クロードのような魔法が使えないナタリーには方法がない。迫《せま》ってくる死の危機感に、ナタリーが恐《きょう》怖《ふ》を抱《いだ》いたその時。

「ナタリー！　こっちだ！」

「ユリウス様……？」

「絶対に君を受け止める！」

ユリウスがナタリーの方へ腕を差し向けている様子が分かった。つまり、ナタリーがさっきのクロードのように飛び出せば、ユリウスが受け止めてくれるということなのだと、理解が及《およ》ぶ。しかしちらっと、下へ視線を向けたナタリーは結構な高さがあることを感じる。

（もし床《ゆか》に落ちたら、無事ではいられないわ……）

生まれてこの方、高い場所から飛び降りたことなど一度もなかった。むしろナタリーと同じ人間の方が多いのではと思うほどに、慣れない危機的状況になっている。正直、高いところからジャンプをすることに恐怖を持った。しかしこの場所に居続けたとしても、このまま瓦礫に押しつぶされてしまうことだろう。それに――。

（私はユリウス様を……信じているから……！）

覚悟《かくご》を決めたナタリーは、玉座の方へ開けている窓の枠《わく》に足をかける。その瞬間、後方からは石材などを含《ふく》んだ瓦礫が勢いよく、流れ落ちてくる音が響《ひび》き渡《わた》る――のと同時に。

ナタリーは、窓枠に置いた足に力を入れて――宙へと身体《からだ》を投げ出した。

一瞬の停止ののち、ひゅるひゅると自重によって落下していく感覚がナタリーを襲《おそ》う。衝撃《しょうげき》に耐《た》えるようにぎゅっと目をつぶれば、すぐに……ナタリーは優《やさ》しいぬくもりに包まれた感触《かんしょく》を味わう。

「……ナタリー、もう大丈夫《だいじょうぶ》だ」

「……ユ、リウス様……」

温かくこちらを気遣《きづか》う声が上から聞こえてきたので、ナタリーはおそるおそる目を開いて――声がした方を見上げると、そこには安心した様子のユリウスがいることに気が付く。

ナタリーに怪我《けが》がないことを確認《かくにん》したユリウスは、現在抱《だ》き留めている姿勢のまま、ナタリーをぎゅっと抱きしめてきた。

「良かった……本当に良かった」

「ユリウス様、受け止めてくださり――本当に……ありがとうございます……っ。その身体にお怪我などは――」

「俺は全く問題ない。すべては――君が来てくれたおかげだ」

ユリウスの言葉を聞いたナタリーは、やっと無事にユリウスのもとへ来られたのだと実感した。それに伴《ともな》って、ユリウスの存在を確かめるように、彼を抱きしめ返した。互《たが》いの心音が聞こえることに、こうも安心するなんて。

（ユリウス様が無事で、本当に良かった……）

そうしてひとしきり、抱きしめあうことで無事を確認しあったユリウスとナタリーのもとへ――クロードがやってきた。

「まったく、驚かされてばかりだな」

「殿下《でんか》――！」

「ナタリーを隠《かく》そうとするとは――ユリウスは嫉妬深《しっとぶか》い男だな」

「なんと言われても構いません」

クロードがこちらへ来たことで、ユリウスは警戒心《けいかいしん》を持ったのかナタリーを自分の胸の中へ隠すように姿勢を変えてきた。ナタリーを守ろうとするユリウスに嬉しさを感じながらも、クロードとは話し合った方がいいと思い――立ち上がりたい旨《むね》をユリウスに告げると、しょんぼりとした子犬のような表情になった。

そんな彼に、ナタリーはどこか弱くなってしまうものの……ここはぐっとこらえて、クロードの正面へ相対する姿勢になる。もちろんユリウスが隣《となり》で、クロードへ鋭《するど》い視線を向け続けてはいるのだが――。

「国王様は無事に捕獲《ほかく》できましたか……？」

「ああ。君の協力のおかげだ——感謝する」

「い、いえ……！」

クロードはナタリーの言葉を聞いて、彼の後方へ視線を向ける。するとそこには不満げな表情をにじませた国王が縄《なわ》でぐるぐると拘束され——マルクが監視《かんし》をしている様子が窺《うかが》えた。これならば逃げることもできないと、ナタリーとしてもホッと胸をなでおろす中——クロードがおもむろに口を開いた。

「一つ聞いてもいいか」

「はい、なんでしょうか？」

「監禁《かんきん》されていた部屋にいた時、俺が協力しない可能性だってあったはずだろう——提案するのは怖《こわ》くなかったのか」

クロードは真剣《しんけん》に考えている様相で、ナタリーにそう問いかけてきた。おそらくクロードにとっては印象深く謎《なぞ》が残っていたのかもしれないが、まさかそのことを聞かれると思っていなかったナタリーとしては一瞬、思考停止してしまった。しかしすぐに、あの時の想《おも》いを思い出して言葉を紡《つむ》いだ。

「……怖いという感情はなかったと思います」

「ほう？」

「過去のお話を——殿下の想いを聞いて……私は、殿下は本当のところ、困難に陥《おちい》っている人々を助けたいと思っているのではないかと考えたんです。そしてなにより、殿下のお母様と同じく、本当は対話によって解決をしたかったのだと」

「っ！」

「あくまで想像ですが……もし本当に力だけを信じていたのなら、他《ほか》の妃《きさき》のもとへ向かうお母様を——引き留めていたはずではありませんか？」

「……！」

ナタリーの言葉を聞いたクロードは目に見えて、動揺《どうよう》を表していた。それに加え、どうにか言い返す言葉を探して、否定したいのにうまくいかない歯がゆさすらも彼の青い瞳《ひとみ》から伝わってきた。彼の瞳を真っすぐに見つめて言葉を紡ぐ。

「それと私は、どこまでも甘い人間なんです。偽善《ぎぜん》と言われようが、可能性を願ってやまない——こうして、意思を言うことでもしかしたら……約束の通り——殿下の考えが変わるかもしれないと思っているんです」

そうナタリーが言いきれば、クロードはポカンと理解できない様子を見せてから——少しの時間が経《た》ったのち、優しくふっと笑《え》みを浮《う》かべた。

「ここまで意思を貫《つらぬ》くその心意気に——俺は、完敗だ」

「っ！」

「これは推測だが、きっとセントシュバルツの王太子は――父上も含めて、やり方を変えざるをえなくなりそうだ。それほどまでに、力だけではない強さを君から教わったから……な」

「殿下……！」

「それとひるまずに立ち向かう君に――思わず、目が離《はな》せなくてな……これも、君の魔法《まほう》なのか？」

「え⁉　それは魔法ではない……か、と」

「そうか。それなら――俺は、逞《たくま》しく美しい君に見惚《みと》れてしまったのかもしれないな……ナタリー。その……共闘《きょうとう》は終わったが、これからも名前で俺を呼んでほしい」

「っ⁉」

目の前にいるクロードの瞳が、今まで見たことのない光を持ってナタリーに向けられたのを感じた。まるでナタリーを今すぐにでも捕《つか》まえようとしているような、その瞳に焦《あせ》りが大きくなっていく。そしてクロードがさらにナタリーへ近寄ろうとした際に――。

「殿下、ナタリーを困らせないでください」

「ユリウス、王太子の命令だ。そこを退《ど》け」

「王太子の命令だろうが、退きません！」

ナタリーを守るように、クロードとの間にユリウスが割って入ってきたのであった。睨《にら》みあう二人に対してナタリーがあたふたとしていると――見かねたマルクが声をかける。

「に、兄さん。確かにナタリー様は素敵な女性だけれど、ユリウスがいるのだから……」

「……それは、あくまで――〝今は〟の話だろう？」

「兄さん⁉」

「……何？」

マルクの言葉にクロードが挑発的に返す。ユリウスがどんなに守っていても気にしないとでも言いたげなその様子に、ユリウスの声が鋭くなった。

「欲しいものは、どんな手を使っても手に入れる。それが、俺の性分だ」

「……ほう？」

「ただ利用するだけなら、簡単に諦められるのだが――ナタリーの場合は……手放したくないと本能が叫んでいるようで、な」

「……殿下が何をしようと、彼女は絶対に渡しません」

「おお、怖い。ククッ……だが、ナタリーが俺を気に入ったのなら、話は別だろう？　人が変わる可能性だっていくらでもあるのだから、な。今はまだ何もしないが……」

クロードはユリウスの背後にいるナタリーを真っすぐに見やると。

「俺は、君を諦められそうにない」

宣戦布告のように、言い放った。見るからにユリウスとクロードの間に不穏《ふおん》な空気が流れる中、現在いる謁見の間の外――廊下《ろうか》に通じる扉《とびら》から、大人数の足音が聞こえてくる。

その足音が止まったと思った矢先――。

「公爵《こうしやく》様から手紙が同じようにくるなんて……奇遇《きぐう》じゃのう。エドワード様」

「〝様〟はいりませんよ。フランツ上皇様」

「わ、わしはもうそんな大それた地位には……おや、ようやく目的の場所に着いたようじゃが……」

「じ、じいちゃんに、エドワード……っ⁉　二人ともどうしたの……⁉」

　ボロボロになった謁見の間の扉から、フランツとエドワードが現れ室内の状況《じようきよう》に驚《おどろ》きを表していた。乱れた部屋の様相もさることながら、なぜか拘束されている国王に、牽制し合う雰囲気《ふんいき》のクロードとユリウス。そしてユリウスの背中越《ご》しに、室内に人が集まってきたことをナタリーは理解した。ナタリーがどのように説明したものか……と悩《なや》む中、混沌《こんとん》とした空間にマルクの声が響《ひび》き渡《わた》るのであった。

第七章　覚悟の証

「再びこうして、公爵様にお会いできまして……安心と嬉《うれ》しさがありますわ。ねぇ、あなた」

「……セントシュバルツでは、なにやら騒動《そうどう》があったようで」

ペティグリューの屋敷《やしき》にある応接室に、お父様とお母様、そしてユリウス、ナタリーが向き合う形で座っていた。お父様がつんけんした様子で話す「騒動」――セントシュバルツで起きたユリウスをめぐる権力争《あらそ》いから、ひと月が経とうとしていた。謁見の間でセントシュバルツ国王と対峙《たいじ》したあの出来事は、その場にやってきたフランツとエドワードのサポートもあり、すぐに収束した。

激しい戦いで傷だらけになった謁見の間に関しては、クロードが指揮を執《と》って何やら楽しげに改修しているのだとユリウスから聞かされた。そして一番のネックであった「セントシュバルツ王家からの圧力」という問題に関しては、クロードと対立していた国王が逃《に》げるように隠居《いんきょ》の準備をはじめ、次期国王にクロードを正式に指名したことで、解決に向かった。あの騒動以降、国王に従う臣下が大幅《おおはば》に少なくなったこと――加えて、国王の重ねてきた罪を大々的に発表すると混乱が起きてしまうとのことで、クロードの監視のもと国王は隠居という選択《せんたく》をしたのだとか。

その結果メイランドを手に入れる必要性がなくなったため、王宮騎士への叙任《じょにん》の話もなくなり、ユリウスは元の漆黒の騎士団団長の座に戻ることになった。

そして建国祭では、クロードが直々に演説で「フリックシュタインと力を合わせながら国の発展を叶《かな》えていきたい」と語って、会場で聞いていたナタリーたちに同盟を継続する意思を示してくれた。その際に意味ありげな流し目をナタリーに送ってきたため、ユリウスは最後まで警戒心を強めていたが。

結局、「今はまだ何もしない」と本人も言っていた通り、王位の継承や改修で忙しいクロードとは、フリックシュタインに帰国する日まで会うことはなかった。

そして本日、ペティグリュー家にユリウスが再来訪することになったのだった。

「もう、あなたったら」

「いや、当主殿《どの》の言葉は本当のことだから――心配をかけてしまい、すまなかった」

「……わ、私は、ナタリーの心配しか、しておりませんでしたがね」

お父様の言葉に、ナタリーはぐうの音も出なくなる。まさにお父様の言う通りで、エドワードが家族への説明をしてくれたとはいえ、数か月の間――外国で過ごしていたことで、多大な心配をお父様とお母様に掛けてしまった。しかも、セントシュバルツ王家の監視《かんし》があったこともあり、家へ手紙を送ることすら憚《はばか》られてできなかったのだ。

ナタリーが帰宅した際には、セントシュバルツで起きていたことを少なからず知っていたのであろうお父様とお母様がナタリーの無事を、心の底から喜んでくれた。二人とも言葉にはしなかったが、目にクマが刻まれており、少しやつれた様子だったのを見て――ナタリーは謝るのと同時に、深い悲しみを感じた。今回は事情が特殊《とくしゅ》だったこともあり、より不安や心配をかけてしまっていたのだ。

「お父様……本当に、ごめんなさい」

「ナ、ナタリー⁉ こ、このことは、殿下《でんか》からも聞いていたし、事情があった中……ナタリーはよく頑張《がんば》ったよ。だから、落ち込まないで……な？」

「お父様、ありがとうございます……そ、その、ユリウス様も大変な中、私を守ってくださったり尽力《じんりょく》してくださって……」

「ぐ……ぅ……そ、それとこれとは……」

「この話は、ナタリーの意思が貫《つらぬ》けたこと、そして無事だったことで不問にしたじゃないですか……まったく困ったお父様ね……もう」

「ううぅ……」

お母様の言葉に、お父様は反論の余地もなく撃沈《げきちん》していた。お父様の発言に思うところがあったのか、お母様がユリウスへ助け船を出すように「そういえば、今日は用があっていらしたんですのよね――挨拶ができるだけでも、私は嬉しいのですが」と話しかけた。

するとユリウスは、ハッとした顔つきとなりお母様とお父様に向き直る。

「俺はまた、当主殿の大切なナタリーに救われた。感謝しきれないほどだ。そして彼女と歩むためにはもっと、精進《しょうじん》する必要があることも痛烈《つうれつ》に感じた」

「ユリウス様……！　私の方こそ、何度も助けられましたし――それこそ何度感謝しても、足りないくらいです。なにより、ユリウス様がそう思うのなら私だって、一緒に成長していきたいと――そう思いますの……！」

「ナタリー……ありがとう」

「まあまあ、ほほ笑《え》ましいわね」

「……うっ、父さんは……ナタリー……」

ユリウスの言葉に思わず反応したナタリーに対して、お母様は優《やさ》しく見つめている一方で、お父様は今にも泣きそうなのをぐっと堪《こら》えている様子だった。そしてユリウスとナタリーが、お互《たが》いの言葉を理解しあったのち――あらためてユリウスは、お母様とお父様に真っすぐと視線を向けながら。

「共に歩みたいと――そう強く思い、そして行動でも支えたい。どうか、ナタリーとの婚《こん》約《やく》を許していただけないだろうか？」

「……」

ユリウスがそう言葉を口にすると、室内は静寂《せいじゃく》に包まれた。ナタリーは隣《となり》で固唾《かたず》をのんで見守ることに徹《てっ》した。どうか彼の真っすぐな想《おも》いが、お父様に、お母様に届きますようにと願う。そうしてしばらくの沈黙《ちんもく》の時間が続いたのち、お父様がおずおずと口を開いた。

「……公爵様は言葉だけではなく、セントシュバルツでの一件では行動でも――真剣《しんけん》にナタリーのことを考えていらっしゃるのだと、示してくださいました。……で、ですが、やはりまだ思うところもあります」

「……」

「つまり……その、言いたいことはですね――」

お父様は、一度言葉を切ったかと思うと――呼吸を整えてからユリウスをしっかりと見て再び口を開けば。

「やっぱり、愛する娘《むすめ》を、そう――やすやすと渡せない！　というか、いやだもん！」

そう真剣な表情で、お父様は言い切った。その言葉に、場にいる一同は不意を突《つ》かれたように、言葉を失《な》くしたのち――ユリウスが、おもむろに「そ、そうか……」と反応した。そんな様子のユリウスに、お父様はその場で立ち上がったかと思えば、畳《たた》みかけるように声をあげた。

「だから公爵様に、剣《けん》の勝負を——挑《いど》ませてもらう！」

お父様は威勢《いせい》よく声を出しながら、指をユリウスにビシッと向け宣告をした。


お父様の発言によって、両親とミーナ含《ふく》めた使用人数名——そして、ナタリーとユリウスは庭先へとやってきていた。というのも、『屋敷の庭——そこで決着をつけましょう』とお父様が言ったこともあり、すぐさま移動したのだ。

はじめは二人に怪我《けが》が及《およ》ぶと思い、ナタリーは待ったをかけようとした。しかしお父様と目が合った際に、そこに迷いはなくて……いつになく真剣な面持《おもも》ちであることを感じたのだ。そして痛いほど、ナタリーを思うからこそ言ったのだと分かり、止めようと思った気持ちをぐっと堪え、ユリウスとお父様が対峙《たいじ》する庭の中央から……離《はな》れた場所で、見守ることにしたのだ。

お父様の指示もあり……使用人がお父様とユリウスの前に木製の模造刀を差しだす。

「一対一での勝負です——魔《ま》法《ほう》を使用されても構いません」

「……あ、ああ」

調子がよく、朗《ほが》らかで明るいお父様はそこにいなかった。どこまでも真剣で、鋭《するど》い眼差《まなざ》しで——そんなお父様にユリウスは一瞬《いっしゅん》驚《おどろ》くものの、剣を手に取り構え始める。それを確《かく》認《にん》したお父様も同時に構え、二人の間に、緊張《きんちょう》が走った——その刹那《せつな》。

「いざ……っ」

「……！」

お父様が、ユリウスに素早《すばや》く仕掛《しか》ける——が、重い衝撃音《しょうげきおん》と共にユリウスはその剣を受け止めた。王城での静養が終わったばかりとはいえ、ユリウスはなんなく動けているようで……鋭いお父様の攻撃《こうげき》をいなしたり、躱《かわ》し続ける。

（ユリウス様……お父様を攻撃しようとしていない……？）

ナタリーは、はじめどうなってしまうのかと不安でいっぱいだった。しかしユリウスが、お父様に怪我を負わせないように動いていることが分かり、胸がきゅうっと締《し》め付けられる。お父様の想いも真に迫《せま》るものがあるが、ユリウスの行動もまた無闇《むやみ》に攻撃をしないその姿が——ナタリーに、この戦いはどんな結果になろうと、ユリウスを信じていよう……そう思わせてくるものがあった。

「どうされたのです⁉　公爵様《こうしゃく》のいつもはこんなものではないでしょう……っ！」

「……」

「……く、私は、私は——ずっと娘を見てきました……だからこそ、あの子の幸せを願ってやまないのです」

激しい斬撃《ざんげき》を繰《く》り出しながら、お父様は気持ちを吐露《とろ》するように声を詰《つ》まらせながらも語りだす。

「娘が決めたことを応援《おうえん》する――そう思っていましたが……もしもがよぎるのです」

「……それは――」

「……公爵様は、地位が高く――しかも、セントシュバルツでは王族とも対等に話し合い、権力を遺憾《いかん》なく発揮してらっしゃる。それほどまでに力が強く、社交界でも令嬢《れいじょう》たちが熱い視線を送り、噂《うわさ》されるお方だ。しかし、うちのナタリーは、身分差や力の弱さという不安を抱《かか》えながらも――公爵様に、身一つで嫁《とつ》ぐことになる」

（お父様……）

ナタリーはお父様が話す言葉に、注意深く耳を傾《かたむ》けながら――その熱に、愛に心が動かされる。いつもは、自分のわがままを通しているように振《ふ》る舞《ま》っているが、ナタリーのことをお父様以上に考えてくれている人などいないかもしれない、そう思うくらい。

ナタリーの行く末を案じていることが、ひしひしと伝わってくるのだ。

「セントシュバルツに滞在《たいざい》した時に、ナタリーが権力闘争《とうそう》に巻き込まれたと聞いた！　どうにか解決をしたようですが――将来的には私が側《そば》で守れなくなる中……あまりにも不安が、拭《ぬぐ》いきれません！　ですから、公爵様の覚悟《かくご》を私に見せていただけないか……っ！」

「っ！」

「ナタリーのことを任せても大丈夫《だいじょうぶ》だと……私は、私は信じたいのです……っ」

そうしてお父様が、大きく剣を振り上げ——ユリウスに猛撃《もうげき》を仕掛ける瞬間。

——ガッ。

「え……？」

思わずナタリーは驚《おどろ》きで、声を上げてしまう。なぜなら、お父様の攻撃に対してユリウスが、自身の剣を下ろし、素手《すで》でお父様の剣を掴《つか》んでいたからだ。木製の模造刀とはいえ、間違《まちが》いなく痛みがあり、握《にぎ》っているのでさえ——困難なはずなのに。

「な、なぜ……」

お父様もまたユリウスの行動に、目を大きく開き驚く。そして、そのお父様に対してユリウスは柔《やわ》らかく「ふっ」とほほ笑んでから。

「当主殿《どの》の覚悟——それに応じたい」

「だったら……どうして、反撃をせぬのですかっ⁉」

「貴殿《きでん》に痛みを与《あた》え——ナタリーが、悲しむ姿を見たくない……からだ」

ユリウスの言葉に、その場にいる全員が息を呑《の》む。そして剣を掴んだユリウスは、お父様に優しく語り掛《か》け始め——。

「——……そうか」

「俺自身の強さは彼女のためにあり——地位が不安だと言うなら、捨てることだってかまわない。俺は、彼女と共に生きることが……かけがえのない幸せだからだ」

「なっ⁉」

「この言葉が信じられず、覚悟を示してほしいという貴殿の言葉も――理解はする……が、それ以上に、そのことで彼女が傷つくことはしたくない」

「……っ」

「彼女の身体《からだ》も、心も守りたい――それが、俺の覚悟だ」

その言葉を聞いたお父様は、力が抜《ぬ》けてしまったのか――剣から手を離し、ずるずるとその場にくずおれてしまう。手放された剣は、もともと渡《わた》されていた剣と同じく――ユリウスが摑んでいて。


「私の……負けだ……」


お父様がそう呟《つぶや》くや否《いな》や、ナタリーは「お父様！　ユリウス様！」と大きな声を出し、二人に駆《か》け寄っていく。

「俺は大丈夫だ……しかし――」

ユリウスがそう告げて、お父様の方へ視線をやった。それにつられて、ナタリーもお父様へ目を向ければ。

「お父様……」

「ナタリー、父さんは……また悲しませてしまっただろうか？」

「……ふふっ、たしかに最初は不安を感じておりましたが――ユリウス様なら、お父様とお話しできると――そう信じておりましたので」

「っ！」

ユリウスがナタリーの言葉に、息を吞むように驚いていることがわかった。その後、ナタリーを優《やさ》しく見つめていて――その姿を見たお父様は、完敗だと言わんばかりに、自身の頭をぐしゃっと乱したかと思えば、その場で立ち上がり。

「そうか、ナタリーは……良き人と出会えたんだね」

「はい……っ！」

「ふ……どうして、ナタリーが泣くんだい？」

お父様と話していたナタリーは、自然と目元に涙《なみだ》が溢《あふ》れていた。きっとこれは、お父様がユリウスとの関係に肯定的《こうてい》になってくれた嬉《うれ》しさ――その涙なのだろう。ナタリーが慌《あわ》てて、目元の涙をぬぐっていれば、お父様がナタリーの頭を優しくぽんと撫《な》でる。そして剣《けん》を使用人に渡していたユリウスの方へ、ゆっくりと近づいていくと。

「公爵様、先ほどはいきなり勝負をしかけ――礼を欠いてしまった……申し訳ございません」

「気にしなくとも、大丈夫だ」

「ありがとうございます……。加えて、剣を受け止めた手を見せていただけないだろうか」

「え……」

お父様の言葉に一瞬《いっしゅん》固まってしまったかのような反応をしたユリウスは、お父様に促《うなが》されるまま手袋《てぶくろ》を外す。すると、そこには――。

「……っ！」

「やはり、こうなっていたか」

痛々しいほどの赤黒い痣《あざ》が、そこに刻まれていて――おそらく、お父様の斬撃を受けたがために生まれた怪我《けが》なのは明白だった。その怪我を見て、ナタリーは言葉を詰まらせてしまう。そんな中、お父様は慣れた手つきでユリウスの手に、自身の手を近づけて。

「公爵様は一つだけ見逃《みのが》していたようですな」

「……それは、いったい」

「私だけでなく、あなたが痛い思いをしても――ナタリーは悲しむということだ」

「……！」

お父様にされるがまま、手を差し出していたユリウスは――お父様の言葉を聞いて赤い瞳《ひとみ》がこぼれそうなほど大きく見開く。そして、ナタリーが二人を見守っているとお父様の手で触《ふ》れられていたユリウスの怪我がするすると癒《い》えていく様子が分かった。

「だが、公爵様の覚悟――しかと見させていただいた。どうか、ナタリーを頼《たの》みます」

「当主殿……怪我を手当てしてくださり、感謝する。そして、ナタリーを永遠に支え、守っていくことを約束しよう」

「そうですか、ありがとう……ございます……ぅ、ううっ」

ユリウスの怪我を魔法《まほう》で治したお父様は、そう言葉を出すと――堪《こら》えていたのか、涙がぽろぽろと流れ始めてきていた。そんなお父様に、お母様が「ふふふ、だから心配ないって言いましたのに」と声をかける。

「でも、でも、嫌《いや》だったんだもん……」

「まあまあ……」

普段《ふだん》のお父様が再び現れ始め、ナタリーはホッと胸を撫で下《お》ろした。そしてお母様の胸の中で、ぐすぐすと泣くお父様。そんなお父様を子どものように、よしよしと頭を撫でているお母様。ナタリーの大切な人を、場所を傷つけたくない、壊《こわ》したくない思いが無意識のうちに表れているみたいで――そんなユリウスの姿を見て、沸《わ》き上がる感情のままナタリーは彼のもとへ近づく。そして彼の手を両手でぎゅっと包み込み――言葉を紡《つむ》ぐ。

「ユリウス様……私と結婚《けっこん》していただけないでしょうか？」

「……っ！」

応接室の時とは逆に、ナタリーからユリウスへそう言葉を告げる。するとユリウスは、驚いたあと嬉しそうに目を細め――ナタリーの手を一度優しく握ってから、跪《ひざまず》いた。そして、自身の胸元へと手を伸ばし、上衣の内ポケットから手のひらに収まる小さな箱を取り出す。

ユリウスが取り出した箱をナタリーに向けて、ぱかっと開くと――そこには、真ん中にあしらわれたダイヤモンドがきらりと輝く、シルバーを基調とした指輪があった。突然のことに、ナタリーが驚きで目を見開けば。

「実はご両親の理解が得られたら――君に渡そうと、準備をしていたんだ」

「っ！」

「ユリウス・ファングレーは、ナタリーとペティグリュー家に、愛と忠誠を誓《ちか》おう――君と結婚したい。改めて、婚約を受け入れてくれるだろうか？」

「……っ！　はい……！」

ユリウスの真摯な告白と思いがけないプレゼントに、ナタリーは胸がいっぱいになった。そして手を求められて、彼の方へ伸ばせば――ユリウスは箱から指輪を取り出して、恭しくナタリーの左手の薬指に嵌めると、誓いを立てるように指輪に唇を落とす。

美しい所作を夢中で見つめていれば……指輪にキスをしたユリウスが、ナタリーを見上げて優しくほほ笑んだ。その笑みにつられるように、ナタリーもふわりと笑みを浮かべる。

そんな二人には、もう会話はいらなくて……ずっと見つめ合っていた。

「あらあら、もう～素敵ね、あなた」

「うう……少し、寂《さび》しいけれども……でも父さんは、ナタリーが笑顔《えがお》なことが一番うれしい……うっ」

「ふふ、そうですわね」

「だが……っ、ちょっと距離《きょり》が近すぎやしないか？　まだ結婚前なのだから……！　距離を……っ！」

ユリウスと見つめ合う時間は、そう長くならず――お父様が、わんわん泣きながら間に入ってきたのをきっかけに、その日はユリウスもペティグリューの屋敷《やしき》に泊《と》まることになった。もちろん、終始お父様のガードが入ってはいたものの、穏やかな時間が流れた。

ふと、ナタリーは自身の指に嵌められた指輪に視線を向ける。今まで、つけていなかったこともあり、まだ慣れないところはあるものの……その指輪が、ユリウスと共に描く明るい未来への兆しのように思えて――ナタリーは晴れやかな気分になるのであった。

あとがき

このたびは、『「死んでみろ」と言われたので死にました。3』を読んでくださいまして、誠《まこと》にありがとうございます！　本作では舞台《ぶたい》がセントシュバルツへと変わり、クロードという腹の底が読めない人物が登場しました。しかし意外と分かりやすい一面もあり、彼とユリウス、そしてナタリーの関わり合いによって変化していく心情や様相は、書いていて本当に楽しかったですし、ぜひ楽しんで読んでいただけましたら幸いです。

改めてキャラクター原案の whimhalooo《ウィムハルー》 様、今回もキャラクターを魅力《みりょく》的に描《えが》いてくださいました蘭《あららぎ》らむ様。お二人には本当に感謝してもしきれません！　担当のN田様もありがとうございます！

最後に、この物語が読者様の心に残るものになっていましたら幸いです。改めまして本作をお手に取ってくださいまして、誠にありがとうございます！

江《え》東《とう》しろ

「「死んでみろ」と言われたので死にました。3」の感想をお寄せください。
おたよりのあて先
〒102-8177　東京都千代田区富士見2-13-3
株式会社KADOKAWA　角川ビーンズ文庫編集部気付
「江東しろ」先生・「蘭　らむ」先生・「whimhalooo」先生
また、編集部へのご意見ご希望は、同じ住所で「ビーンズ文庫編集部」
までお寄せください。

「死《し》んでみろ」と言《い》われたので死《し》にました。3

江東《えとう》しろ

角川ビーンズ文庫　24160

令和6年5月1日　初版発行
令和6年9月20日　再版発行

発行者――――山下直久
発　行――――株式会社KADOKAWA
〒102-8177　東京都千代田区富士見2-13-3
電話 0570-002-301（ナビダイヤル）
印刷所――――株式会社KADOKAWA
製本所――――株式会社KADOKAWA
装幀者――――micro fish

本書の無断複製（コピー、スキャン、デジタル化等）並びに無断複製物の譲渡および配信は、著作権法上での例外を除き禁じられています。また、本書を代行業者等の第三者に依頼して複製する行為は、たとえ個人や家庭内での利用であっても一切認められておりません。

●お問い合わせ
https://www.kadokawa.co.jp/（「お問い合わせ」へお進みください）
※内容によっては、お答えできない場合があります。
※サポートは日本国内のみとさせていただきます。
※Japanese text only

ISBN978-4-04-114912-6C0193 定価はカバーに表示してあります。
◆◇◇

©Shiro Etou 2024 Printed in Japan

乙女ゲーム冒頭で無惨に死ぬモブ「死体役令嬢」に転生したメルディ。生きるためにゲームの黒幕・第一王子のジェイクに接近するが……「たくさん遊ぼうね、メルディ」ヤンデレ溺愛ルート解放なんて聞いてません!?

✦ 好評発売中！ ✦

●角川ビーンズ文庫●